Heinrich Mann

Flöten und Dolche

Bibliografische Information der Deutschen Nationalbibliothek:
Die Deutsche Nationalbibliothek verzeichnet diese Publikation in der Deutschen Nationalbibliografie; detaillierte bibliografische Daten sind im Internet über http://dnb.dnb.de abrufbar.

Herstellung und Verlag: BoD – Books on Demand, Norderstedt

ISBN: 978-3-7526-4765-5

Inhaltsverzeichnis

Pippo Spano

Semblable à ces criminels d'autrefois, qui, poursuivis
par la justice, étaient sauvés s'ils atteignaient l'ombre
d'un autel, il essayait de se glisser dans le sanctuaire de
la vie. (La Peau de Chagrin)

I
Die Komödie

„Und verratet mich nicht," sagte Mario Malvolto zu seinen zwei Freunden. „Laßt sie glauben, ich käme zurück."

„Du kommst nicht?"

„Ich muß nach Hause. Ich habe Kopfschmerzen ... Nein,
ich will euch gestehen, ich muß allein sein."

„Deinen Triumph überdenken. Gute Nacht, glücklicher
Dichter."

„Schlafen wirst du kaum."

„Wer weiß. Gute Nacht."

Die andern gingen hinein. Mario Malvolto stand noch einen Augenblick oben an der Treppe. Hinter ihm verhallte das
Bankett zu seinen Ehren. Links und rechts neigten sich tief
zwei Lakaien voll goldener Schnüre. Er hielt seine schmächti-
ge Gestalt ganz steif und schritt hinab, über den blassen,
dicken Teppich, zwischen den vergoldeten Geländern.

„Diese Eitelkeit muß ausgekostet werden," dachte er dabei. „Drinnen arbeitete ich zu sehr an meiner Rolle. Jetzt
beherrsche ich das Erlebnis."

„Wohin fahren wir, Herr Malvolto?" fragte der Kutscher.

„Nach Settignano."

„Warum fragte denn der. Meinte er, ich fahre jetzt noch
zu Mimi? O Mimi, du hinundherwehendes Seidenfähnchen!
Bald flattert es dem um den Hals, bald jenem. Ich hab' es
geküßt, so oft an mir die Reihe war, habe sogar Abenteuer
hineingesteckt. Ja, Mimi, kleine Kokotte mit flüchtigen Impul-
sen, aber ohne Spur von Größe in deiner Sinnlichkeit, ich

habe dir Leidenschaften angedichtet, habe sie zu meiner eigenen Genugtuung, aus Eitelkeit, aus Sehnsucht, deinen ganzen Lebenslauf entlang aufgestellt, wie Puppen, die große Gebärden schleudern. Du warst nur ein Mädel. Adieu, Mimi.

Wir wünschen mehr, wünschen Stärkeres. So etwas wie Mimi läßt sich noch neben einer Tragödie her lieben. Es nimmt so wenig Herz ein. Meine Tragödie hat heute abend gesiegt. Ja, ich werde stark. Aber es heißt von den kleinen Genugtuungen ganz frei bleiben, die schwach erhalten, und die Der verbietet, der in meinem Zimmer über seine eiserne Schulter hinweg mich herausfordert!"

Nahm dieses enge Florenz kein Ende? Es verlangte ihn auf einmal heftig nach der Luft von seinen Hügeln, nach der von Öllaub durchschimmerten, von Lorbeer gewürzten Luft, die ihn bitter und sanft auf den Mund küßte. Die Gassen ließen noch immer ihr nächtliches Echo klappern. Der Schatten von Pferd und Kutscher stieg die Mauern hinauf und hinab. Dann lichteten sich die Vorstadthäuser. In die ersten Gärten tauchte das Mondlicht.

„Ich habe den Hügel dort hinten erobert, der mein Haus trägt. Und nicht bloß ihn — alle diese Hügel hab' ich erobert."

Seine Hand formte in der Luft einen Halbkreis; sie glitt über das entfernte Bild eines Hügels, wie über eine Frauenbrust.

„Dies ganze Land, alle seine Städte, jedes Haus, bis auf das letzte, hab' ich erobern müssen. Denn mir gehörte keines. Kein heimlicher Feldweg in keinem Winkel des Landes kennt mich von meinem Anfang an. Bedenke das heute. Du bist auf dem Meer geboren, von einer Mutter aus fremdem Volk. Deine tragische Kunst hat um dieses Land, um jede seiner Ackerfurchen geworben, wie ein sehnsüchtiger Pilger im Kettenhemd, der aus Inbrunst Blut vergießt.

Jetzt hab' ich Fuß gefaßt. Jeder in Italien weiß, in welchem Dorf und auf welchem Tisch das Blatt Papier liegt, das ich mit Zeichen bedecke. Heute Nacht sind die Besiegten an mir vorübergezogen, ein ganzer Theatersaal, von mir unterworfen. Was habe ich zu vermerken? Elf Hervorrufe. Die Worte der Königin. Den Händedruck des Grafen von Turin. Dann das Bankett. Die beiden Deputierten, das Telegramm des Ministers. Der Bürgermeister redet. Die Kollegen helfen sich mit Ironie. Was noch? Nichts; keine Frauen beim Bankett. Keine Frauen — was bleibt von allem also übrig."

Aus dem Wagen gelehnt, das Kinn in der Hand, sah Mario Malvolto zu, wie die Blütenbäume weithin in bleichem Lichte schwammen. Vor Ponte a Mensola meinte er einen Augenblick einen zweiten Wagen zu entdecken, dem seinigen voraus, in der Höhe. Er war gleich wieder verschwunden. Das Verdeck war aufgestellt gewesen. Der Kutscher hatte nichts gesehen, und wer sollte die Nacht auf der Landstraße verbringen.

„Ob sie's eigentlich wissen, die Frauen, daß alles im Grunde nur für sie geschieht? Manche tun, als ob sie an den Geist glaubten — an den Geist, das hilflose Kind, das ohne unsere Sinne nicht stehen und gehen kann. Wir haben nur unsere Sinnlichkeit; und wem gilt die, wie heißt ihr höchster Preis? O, eine Sitzung am Schreibtisch ist verschwendetes Werben um die Frau, eine durchdichtete Nacht ist eine fruchtlose Liebesnacht. Ob sie's wissen? Was frag' ich. Ihr Mißtrauen gegen das Talent lehrt mich genug, und ihre Vorliebe für den Dummkopf, der nur ihnen gehört, und nicht dem Buch. Die Frau und das Buch, das sind Feinde.

Ein Dichter von zwanzig Jahren, ich kann mich entsinnen, hat ihnen zu viel zu sagen — darum schweigt er linkisch; sucht zu viel Leidenschaft — das ist den Wesen unbequem, die keinen Rausch kennen als den der Eitelkeit. Ich habe damals von jeder einzelnen geträumt, so viele in einem Salon saßen, oder in den Wagen beim Korso. Mit fanatischer Entschlossenheit und fürs Leben hätte ich mich der zu Füßen geworfen, die mich erkannt hätte. Sie sind nicht so dumm. Keine einzige fühlt sich berufen, unsere neurasthenischen Überreiztheiten zu trösten. Sie gesellen sich niemals unsern einsamen Verfeinerungen, sondern unfehlbar dem wohlgelungenen Typus. Den erhalten sie, das ist ihre Bestimmung. Sie lassen es, unwissend über ihre Funktion, geschehen, daß wir schönen Krankhaftigkeiten uns an ihnen zugrunde richten. Sie aber sind von der Menschheit das Unverwüstliche. Und ich bete sie an, weil ich die Kraft anbete!

Mitten aus meinen Schüchternheiten heraus entführte ich mich damals plötzlich — mich, und die kleine Prinzessin Nora. Was für eine Überraschung! Ein Hauslehrer von unbedeutender Gestalt, dem die Damen nicht einmal ein Paket zu tragen gaben! ... Ich hatte sie durch eine Tat der Verzweiflung alle auf einmal erniedrigt. Eine entführte Prinzessin Gallipoli — wer war die, vor der ich noch die Lider zu senken brauchte. Ach, ich behielt trotzdem immer die Neigung, zu Boden zu sehen. Jede Frechheit bei Frauen ist mir seither gelungen; aber zu jeder habe ich mich zwingen müssen.

Man wirft mir Unzartheiten vor, etwas Schlimmeres als Frechheiten. Ein Klubmann hat sich geweigert, sich mit mir zu schlagen, und ein Ehrenrat hat ihm recht gegeben. Die Toren, wie könnten sie ahnen, daß meine Unzartheiten aus meiner Furcht vor der eigenen Zartheit stammen. Ich leide an zu viel Verstehen, zu viel Bedenken, zu viel Voraussicht des Jammers der andern. Ich habe ganz das Zeug, als Besiegter zu enden. Welche Selbstvergewaltigung hat es mich gekostet, die kleine Prinzessin Nora sitzen zu lassen, entehrt, deklassiert. Noch heute, wenn ich ihr in Rom in der hohen Halbwelt begegne — ich spüre etwas wie Angst ...

Hab' ich nicht oftmals Angst wegen Tina, der großen Tragödin, die an mir leidet?"

Mario Malvolto warf sich in den Wagen zurück, er spähte erregt nach der Höhe des fernen Berges, wo dem Mondgrau weiter Laubwellen mondgrau ein Schloß entstieg. Ein Licht, ein kleines, bohrendes, schwälendes Licht stak, ähnlich einem Gedanken, hinter einer Baumkrone und verwandelte sie in eine rötliche Wolke.

„Wo in der Welt wacht sie jetzt? Wie lange schon bin ich ohne Nachricht. Es ist schlimm diesmal, da sie sich geweigert hat, heute abend die Schöpferin meiner Arachne zu sein. Habe ich ihr einen Schmerz zugefügt, den ich nicht von ihr empfangen hätte? Wer ist so kundig im Leiden und im Leidenmachen als wir beide. Wir wissen, daß wir nirgends so arbeiten, daß wir nie so große Künstler sind, wie beieinander, durcheinander. Und trotz aller Verwünschungen, aller Erschlaffung und allen Hasses stürzen wir immer wieder aufeinander zu. Es gibt in der Welt keine Komödie wie unsere Liebe. Hinter allen unseren Leidenschaften, wilden Gestalten, die von unserm Leben brennen, lauert die Kunst, ein zweifelhaft lächelnder Kulissenmensch, gierig nach Wirkungen für eine neue Rolle.

Von Zeit zu Zeit ertappt einer den andern darauf, daß er nur Komödie spielt. Und plötzlich bricht bei beiden der Ekel aus, und wir prallen auseinander. Aber vier Monate später erscheinen wir wieder bei der Probe. Das ist Berufsangelegenheit. Von Liebe hat das nichts — nichts von der Liebe, für die man als Jüngling die arbeitsamen Nächte durchwacht, um derentwillen man den Ruhm ersehnt. Denn ich möchte wissen, wozu der Ruhm dient, wenn er nicht Liebe einträgt ... Ach, er ist Phantom wie sie. Er entweicht immer weiter, je hastiger man auf ihn zuläuft. Als ich ganz unbekannt war, hatte er Körper; ein König, der den goldenen Kranz schwang. Seit ich ihn Fetzen um Fetzen erkauft habe und genau weiß, wie er hergestellt wird — was kann er mich noch fühlen lassen. Der Ruhm ist ein von mir weithin ausgestreuter, glänzender Irrtum über meine Person. Er gilt einem, der nicht ich bin. Über mich darf die Wahrheit keiner wissen.

Man muß sagen: Dieser Malvolto behandelt Weiber und Leben mit einer Entschlossenheit — etwas anrüchig ist er. Er ist ein stählerner Daseinskämpfer, das ist auch die Seele seiner Kunst. Die Größe und die Kraft der Rasse ist auferstanden in einem Dichter. Man sieht, auch in einer schmalen Brust können sie sich erheben. Die Renaissance ist, zum Angriff bereit, zurückgekehrt ... Das muß man sagen, und darf nichts ahnen von meinen schwarzen Ängsten, von der Demütigung, die mir jede Frau, jedes große Kunstwerk, jeder gesunde Mann zufügt; nichts davon, daß ich für eine meiner Seiten, worin das Leben rauscht mit reichem Blut, halbe Tage seelischen Jammers und hygienischer Übungen bezahle. Ich will nicht, daß man es ahne. Es steht wohl hinter jeder vollendeten Schönheit der Schmerz und hat noch den Meißel in der Hand. Sollte ich nicht stolz sein?

Ich fühle den melancholischen Stolz auf ein Werk, das nicht die Kraft schuf, sondern nur der Wille zu ihr; auf ein Leben ohne wahre Stärke, das nur sehnsüchtiger Drang in die Höhe reckt, wie eine Niobe ihre Arme. Ich sehne mich am Schlusse von allen, die ich gehabt habe, noch heute nach der Frau. Ich träume noch von ihr wie mit zwanzig Jahren — nur hoffnungsloser. Denn ich habe sie inzwischen erprobt, und daß sie nie die Gefährtin des Komödianten ist. Sie ist mir zu ähnlich, was hätte sie mir zu bieten, oder ich ihr. Sie will selber Applaus. Sie will mit Leidenschaften bezahlt werden: — mir ist sie zu teuer. Ich brauche meine Gefühle, um sie den Leuten vorzuspielen. Ich muß an meiner Seele sparen, damit andere sich mit ihr berauschen können. Je mehr ich Leben austeile, desto ärmer muß mein eigenes werden.

Die seltenere Frau aber und die wahre — sie, die sich einfach hingibt, in unbedachter Leidenschaft; die an nichts zweifelt, nichts verlangt, keinen Beifall, kein Martyrium; die all ihr Leben zusammenrafft, um es ohne ein Zaudern, ohne ein Besinnen auf Welt, Ruf, Zukunft in meines zu werfen, mich reich zu machen, durch mich zu atmen und mit mir unterzugehen: natürlich gibt es sie für mich nicht. Träte sie auch leibhaftig in meine Tür, das Wunder wäre unvollständig. Denn in mir, in meinen Tagen, hätte sie nicht Raum: nicht sie selbst, die zu groß, zu stark wäre; nur die Sehnsucht nach ihr!

Hab' ich sie heute abend wieder begehrt, auf der Bühne, durch das Loch im Vorhang, hinter dem mein Platz ist! Hab' ich sie alle begehrt!"

Mario Malvolto legte den Kopf in den Nacken, stöhnte und schaute tief in den bleichen Fluß der Sterne.

„Ich kannte fast alle. Ein paar hatte ich besessen, einige andere könnte ich haben. Wozu. Soll ich sie zu meiner sentimentalen Erziehung und zu meinem gesellschaftlichen Fortkommen benutzen, wie die kleine Prinzessin Nora, oder zum Studium von zwanzig verschiedenen Rollen, wie Tina, die Tragödin? Oder sollen sie arme leere Gliederpuppen sein wie Mimi, und ich behänge sie im Traum mit Leidenschaften, die weder sie erleben werden noch ich? Sollen sie zum Schluß dahinterkommen, wer ich bin, und mich beleidigt und voll

Verachtung wegschicken? ... Man wird müde, die Sterne dort oben mit den Augen zu pflücken, einen nach dem andern, und am Ende nichts in den Händen zu halten ...

So glänzten sie auf den Rängen heute abend."

Er betrachtete einen großen, reifen Stern.

„Die Linozzo. Ägyptisch platte, lange Nase, lange Augen eng beieinander. Die Brauen dicht unter der fettschwarzen Haarwelle. Weiter weicher Mund, feucht, tief gefärbt, beweglich. Sie ist am begehrenswertesten, wenn sie einen hellglitzernden Fächer an den Mundwinkel hält, oder wenn sie über die Schulter weg, den Kopf zurückgelegt, aus den Ecken ihrer Augen lächelt ... Solange ich in der Loge der Königin war, hat sie immerfort hingesehen. Sie ist ehrgeizig, ich könnte sie haben."

Seine Augen hängten sich an andere Gestirne.

„Die Borgosinale. Ein fettes Profil mit hängendem Kinn, wildäugig aus einem heftigen Wulst braunroter Haare hervor, über einem mächtigen Hermelinkragen. Das war eine der ersten, die mich hinaufgehißt haben. Auf ihrem zerstörten Gesicht treffe ich meine Erinnerungen an so viele erlogene Aufregungen. Sie aber war vielleicht ehrlich?

Eine Unmögliche: die Lancredoni. Magere Prinzessin von bräunlicher Haut. Ein steiler Hals trägt den kleinen, starren Kopf, mit der entweichenden Linie von Nase und Stirn. Der Spitzenärmel entfaltet sich sehr tief unter der nackten Schulter, die abfällt, zerbrechlich, rein. Unter den kalten Blitzen ihres Diadems gähnt die Prinzessin ... Und heute abend, hinter meinem Vorhang, hab' ich sie vergewaltigt! Ich habe zu ihr hinauf triumphiert, wissend, daß ich mehr von ihr schmecke als der, der sie jede Nacht in den Armen hielte! Was bleibt davon übrig. Vielleicht ein paar Zeilen, die ich drucken lasse. Aber für mich, in der Seele? ...

Die jungen Mädchen! Da saßen sie, ganz nah, und lugten helläugig aus einer Welt hervor, in die kein Weg führt. Die Cantoggi traf einmal mein Auge, im Loch des Vorhangs. Ich erschrak tief über diesen Blick, den sie aussandte, ohne zu ahnen wohin.

Welche von ihnen kommt und nimmt mich bei der Hand und führt mich heimwärts in ihr Land, wo man stark und mit Unschuld empfindet!

Keine. Denn sie haben selbst nichts Eiligeres zu tun, als die Komödie zu erlernen. Gemma Cantoggi, das Kind, frisch vom Lande, heiratet den Lanti, einen Viveur auf dem Abmarsch. Sauber ist das.

Verlangt man von einer, sie solle machen, daß man sich selbst vergißt — wahrscheinlich darf man auch von ihr nichts wissen? Im Parkett saß eine Fremde, ein schönes, starkes Profil unter der Samtschleife des großen Hutes. Eine wehende Kravatte hüllte sie bis an den Mund in rosige Gaze ...“

Mario Malvolto träumte noch, als er auf den Platz von Settignano einbog. Der niedrige, flach geschweifte Kirchengiebel war von Mond bläulich gepudert. Eine einsame Laterne erblindete in der weiten Sternennacht, in deren Mitte auf seinem Hügel das Städtchen schlief.

Ein Geräusch verlor sich irgendwo. Mario Malvolto sah dahinten in der langen Gasse etwas Dunkles sich bewegen. Gewiß, es war der Wagen von vorhin; das Verdeck war aufgestellt. Ein Mondstreif fiel plötzlich darüber; etwas Weißes hatte sich herausgebeugt. Wo in der Umgegend war dieses Gefährt zu Hause? Nirgends, sagte der Kutscher. Es verschwand im Schatten.

Sie verließen die Gasse und fuhren ein Stück bergab. Mario Malvolto stieg aus, machte ein paar Schritte zwischen Hecken, elf Stufen hinan; da stand er vor seiner Tür. Sie war offen. Sein Diener lag schlafend davor.

Mario Malvolto schritt über ihn weg, er nahm im Vestibül die Lampe vom Tisch, ging die Treppe hinauf und betrat sein Arbeitszimmer. Auf der Bibliothek die Frauenbüsten in ihrer schmalen alten Tracht lächelten weiß, verschlossen, aus steilen Träumen; und auf ihren Stirnen die große Perle schien im Mondlicht an ihrer Kette zu schwanken.

Das Zimmer war so hell, daß Malvolto die Lampe löschte. Er lehnte sich in die offene Terrassentür. Wie weiß war der Garten! All dies schwere dunkle Laub über den ganzen Hügelrücken hin und bis unter die Mauer mit ihrem Baldachin von Steineichen, alles blitzte in bleicher und kostbarer Verzauberung. Als ein silberner Mantel hingen die Glycinien um die starre, tote Zypresse. Und die Kamelien in den Tiefen versenkter Büsche bluteten nur wie Geister.

Er sah ins Zimmer zurück, und er erschrak. Einen Augenblick hatte es ihm geschienen, der überlebensgroße Mensch dort auf der grellen Wand reiße sein Schwert in die Höhe. Mario Malvolto sagte in Gedanken zu ihm, zu diesem Bilde, dem einzigen, das täglich auf seine Arbeit herniedersah:

„So finden wir uns wieder. Als ich dich heute abend verließ, war ich kampfesfroh, gespannt auf einen lauten Sieg oder eine derbe Niederlage. Es ist Sieg gewesen. Bei Wein und Reden ist er angeschwollen. Ich gehe, seiner sicher, davon. Ich brauche ihn nur aus der Brust zu ziehen und zu betrachten, nicht wahr? Und unterwegs, in einer Mondnacht voll gespenstigen Besinnens, wird eine Niederlage daraus — o, eine stille, blasse Niederlage, und eine schlimmere, als wäre ich lärmend ausgepfiffen.

Hast auch du einmal einen Sieg, wenn er am lautesten scholl, plötzlich umwenden und davonfahren gesehen? Krieg und Kunst, das ist dieselbe übermenschliche Ausschweifung. Kennst du den Ekel nach der Orgie? Antworte, Pippo Spano!

Da stehst du, aufgereckt, die eisernen Beine gespreizt, das riesige Schwert quer darüber in Händen, die aus Bronze sind. Du hast schmale Gelenke, bist leicht, bereit zu Sprung, Jagd, hitzigen Umarmungen und kalten Dolchstößen, zu Wein und zu Blut. In den Lauten deines Namens selbst geschieht ein Pfeifen von geschwungener Waffe, und dann ein breiter Schlag. Über deiner breiten Brust wölbt sich Eisen, um deine feinen Hüften kreist ein goldener Gürtel, auf dem fröhlichen Blau des Röckchens. Du hast einen kurzen, zweigespitzten Bart, dein Mund steht gewalttätig heraus aus deinem magern Gesicht, und düster blonde Locken umzotteln es. Es blickt zurückgeworfen über die Schulter, mit aufgerissenen Augen, wach und furchtbar. Wenn man länger hinsieht, lächelt es. Das Übermaß von grausamer Selbstsicherheit bringt dieses Lächeln hervor, das sich nicht nachweisen läßt, das man nur ahnt, das tief verwirrt, in Grauen stürzt, fesselt, dem man sich widersetzt, und das man schließlich verehrt!

Da du so ungeheuerlich zu triumphieren verstehst — wie entsetzlich mußt du manchmal geschlagen sein! Ja! wie mußt du gelitten haben, du und dein Maler, der so stark war wie du. Große Kunstwerke — dein Leben oder dein Bild — haben so leuchtende Höhen nur, weil sie so grausige Tiefen haben. Ach, du Türkensieger, verstell' dich nicht — ich höre dennoch deinen tollen Aufschrei, wenn ein Schlag dich traf. Ich seh' dich bluten, wenn ein Freund dich verriet. Ich versuche den Rausch von Schmerz zu ahnen, den du erlebt hast, so oft eine Frau ihre spitzen Finger in dein Herz grub!"

Mario Malvolto verschränkte die Arme. Er kam näher, die Augen auf dem Gesicht des Condottiere. Er flüsterte:

„Siehst du, nach solchem Rausche schmachte nun ich! Ich bin zu zerbrechlich dafür und zu nüchtern; darum erdichte ich Menschen, die anders sind. Darum stehst du hier, als mein Gewissen, als mein Zwang zur Größe. Du sollst mir Überdruß machen an der mäßigen Lust und dem haushälterischen Leiden, womit wir unzulänglichen Spätgeborenen uns bescheiden. Unsere Kunst befruchtet sich mit einem mattfarbenen Rokokoleiden, geziert und ohne Größe. Belanglose Neurastheniker-Geschicke dehnen sich aus über ein bürgerliches Dasein von siebzig Jahren, währenddessen man täglich für einige Kupfermünzen Leid verzehrt und für einen Nickel Behagen. Der Künstler gräbt umständlich in seiner verstopften Seele umher, immer nur in seiner eigenen, und fördert Traurigkeiten zutage, die er eitel herumzeigt. Mit feindseliger Ironie blinzelt er über alles weg, was stark ist und in ganzen Farben lebt.

So aber will ich leben! Ich will verschwenden; innerhalb meiner kurzen Jahre soll meine Kunst mir ein zweites, mächtigeres Leben schaffen. Nichts will ich wissen von mir, dem Schwachen; er lehrt mich immer noch genug von sich. Ich will fremde Schönheiten erleben, fremde Schmerzen. Recht fremde. Geopferte Frauen; Vornehme, die zu viel begehren; Meister, die einen vollen Schmerz an einem Stück Marmor austoben. Sie schlagen die Gestalten der Hölle aus dem Block heraus, und ihr Schmerz ist der Wirbelwind, der die Seelen durch purpurne Finsternis treibt ... Zu Denen will ich auswandern, in Die hinein, die noch nicht auf die Launen ihrer Nerven lauschen; deren Schicksal noch nicht in ihrem armen Blut gefangen sitzt. Nein, draußen in freier Welt erwartet es sie zum Kampf, und sie dürfen hinstürmen!

In ihr Leben dringe ich ein, wie in eine mit Dornenhecken umstellte, üppigere und jähere Welt, wo Gewalt geübt wird und trunkene Hingabe; wo namenlose Untergänge ausgekostet werden und unfaßbare Herrlichkeiten; wo man ganz lebt und auf einmal stirbt.

Und die Frau, die du lieben könntest, Pippo Spano, die ist der Preis aller meiner Sehnsucht. Die tritt mir als die Letzte aus der von mir entzauberten Welt entgegen. Nicht wahr —"

Und Mario Malvolto vergaß sich, er redete lauter.

„Nicht wahr, sie tritt mir entgegen? Glaubst du es, Pippo Spano? Sie tritt —"

Er brach ab: da stand sie.

Sie stand auf der Schwelle des kleinen weißen Salons, den ein paar Mondstrahlen plötzlich aus seinem Schatten hoben. Sie war selber weiß und bedeckt mit Mond. Ihr bleiches, kurznasiges Gesicht mit starken Lippen umrahmten schwere schwarze Flechten. Von ihrer kleinen, schmalen Gestalt, von Schultern und Nacken lösten sich gestickte Silberblumen bei jedem ihrer Atemzüge; sie lebten mit ihrem Atem. Sie hob ihren Arm zum Vorhang an der Tür — und der Ärmel aus lauter Blumenkelchen fiel auseinander in viele blasse Blätter. Ihr Arm stand darin als Blütenstempel, schimmernd von Mond.

Mario Malvolto war zurückgewichen. Er griff sich an die Stirn. Eine Sinnestäuschung? Er hatte viel getrunken und noch mehr geschwärmt. Aber sein Herz ging ruhig und stark, er fühlte sich helleren, freieren Geistes als gewöhnlich. Wollte das da noch immer nicht verschwinden? ... Er machte zwei rasche Schritte darauf zu. Aber es blieb da, es sprach sogar.

Das junge Mädchen sagte leise und einfach:

„Mario Malvolto, ich liebe dich. Ich bin hergekommen, damit wir uns lieben."

II
Das Wunder

Da erkannte er Gemma Cantoggi.

„Sie hier? Aber ein Wort, Contessa, hätte genügt," stammelte er. „Ich wäre zu Ihnen geeilt."

„Nun bin ich schon da," erwiderte sie.

„Aber Sie kompromittieren sich!"

„Nein nein. Wir haben ja ein Landhaus ganz nahe. Man glaubt, daß ich dort übernachte. Ich verlasse manchmal nachts unser Stadthaus, ich habe solche Launen. Meine Gesellschafterin ist mit mir gefahren, sie ist eingeweiht."

Er sah sie zweifelnd an. Das war die Cantoggi, die den Lanti heiraten sollte, einen Viveur auf dem Abmarsch; eine der sehr schönen Frauen, die eine Zeitlang von allen Männern begehrt, von allen Frauen gehaßt werden; um die ein Knabe Selbstmord begeht; die zwanzig Jahre lang an der Spitze der Mode tänzeln, und wenn sie vorüber sind, Unzähligen Glück versprochen, ein paar Geliebten ihr Versprechen gehalten, und in dem Gedächtnis einiger Alten den Rest eines berauschenden Duftes hinterlassen haben. Was waren sie selbst? Was erlebten sie? Er wußte es: Ihre Wirkung, das Martyrium des Mannes und den Applaus der Menge.

Kam diese da als Kollegin, als Komödiantin zum Künstler? Wollte sie Rat holen, wie man nach ganz hohen Erfolgen greift? Er hatte von ihren Worten nichts erfaßt, glaubte keines; er fragte erregt:

„Aber was führt Sie her?"

„Die Liebe zu Ihnen, Mario Malvolto," wiederholte sie, und ihre Stimme zitterte leicht.

„Contessina, Sie sind ein Kind. Wenn Sie mich liebten, warum haben Sie nicht einen Ihrer Freunde beauftragt, mich Ihnen vorzustellen? Ich hätte mich Ihnen zu Füßen gelegt."

„Zu Hause wären wir nicht frei gewesen. Um uns lieben zu dürfen, hätten wir uns heiraten müssen."

„Ah!"

Er empfand eine böse Genugtuung.

„Die Contessina Cantoggi würde mich nicht zum Manne wollen!"

Und sie, ohne zu verstehen:

„Sie hätten sich mir versprochen, Mario, ohne zu wissen wer ich bin. Sie hätten versichert, mich zu lieben, und hätten vielleicht geheuchelt. Wenn ich das merkte, wäre alles aus. Ich will, daß wir uns lieben, ohne daß jemand darum weiß. Sie können sich nicht ausmalen: ich werde von der schönen Cantoggi geliebt, und ganz Florenz weiß es. Hören Sie? Das können Sie nicht."

Er murmelte:

„Glaubst du, ich sei so niedrig eitel?"

„Nein, ich glaub' es nicht. Verzeih! Ich bin eifersüchtig im voraus. Ich möchte dich einschließen hier!"

Sie trat lebhaft auf ihn zu, in sein Zimmer hinein.

„Und ich könnte nicht ertragen, daß wir uns vor Fremden sehen, uns mit Zurückhaltung sprechen müßten. Ich möchte vor dir immer — du, ich liebe dich!"

Sie öffnete, über eine letzte Schüchternheit hinwegspringend, rasch die Arme:

„Ich möchte vor dir immer nackt sein!"

Ihn überkam eine Wallung; er griff nach ihr.

„Wenn ich glauben könnte, daß du wirklich da in meinen Armen liegst!"

Den Mund auf ihrem Haar, stöhnte er. Die seltene Frau, die mit unbedachter Leidenschaft ihn reich machen wollte: da war sie, da war das Wunder. Eines der jungen Mädchen, kläräugig hervorlugend aus ihrer Welt, in die kein Weg führte: da war es, da war das Wunder.

„Wenn ich es glauben könnte!"

„Du fühlst mich ja," sagte sie bebend. „Und daß ich dich liebe, das mußt du doch fühlen." „Ich fühle," sagte er, mitleidig mehr mit sich als mit ihr.

„Und du willst mich lieben?"

„Ich will. Ob ich will!" rief er schmerzlich. Sie fragte, das Gesicht versteckt an seinem Halse.

„Hast du mich schon einmal schön gefunden? hättest du mich haben wollen?"

„Immer dich!"

Und er wußte, daß er lüge und dennoch aufrichtig sei. Er hatte alle begehrt, würde immer alle begehren. Aber hielt er nicht alle in dieser? Vielleicht, vielleicht.

„Auch ich," sagte sie und sah groß auf.

„Immer dich!"

„Dann wußtest du, daß du heute abend durch das Loch im Vorhang ein Auge trafest, und wessen Auge?"

„Nein."

„Nicht? Hast du mich nicht viele Male im Parkett bemerkt?"

„Nein. Ich wußte bis eben nicht, wie du aussahst. Als du eintratest, zögerte ich. Es konnte auch ein Fremder, ein Freund von dir sein."

Er war sprachlos.

„Wir haben so lange in San Gimignano gewohnt," erklärte sie. „Erst seit Papa tot ist und mein Bruder in Florenz in Garnison steht, wohne ich hier."

„Also kommst du, weil ich berühmt bin."

„Berühmt? Ich weiß nicht. Vielleicht hat man in meiner Gegenwart einiges dummes Zeug über dich geredet; ich wußte aber nicht, daß du gemeint seiest. Ich hatte deine Bücher gelesen, aber ohne nach deinem Namen zu sehen."

Mario Malvolto dachte: „Das ist der Ruhm."

„Es waren Menschen darin, die ich verstand. Ich sagte mir: so hätte ich gehandelt, so würde ich fühlen, wenn —"

„Wenn —"

„Wenn ich diesen Mann fände. Bei meinem Verlobten, das wußte ich, konnte ich davon nichts erleben."

„Ja, Sie sind verlobt."

„Ich *war* es. Ich habe, bevor ich zu dir kam, ihm abgeschrieben."

„Ich *fasse* das alles nicht."

„Es ist so einfach. Heute abend, in deinem Stück, sah ich dieselben Menschen leben und sterben, die ich aus deinen Büchern kannte. Sie waren heftiger als die Leute, mit denen ich diniere und Korso fahre. Sie lächelten nicht so viel, und ich konnte ihnen glauben — *weil sie ja starben*!"

„Weil sie starben.“

„Zu Hause sah ich nach dem Namen des Verfassers auf den Romanen. Es war deiner, da fuhr ich her.“

„Da fuhrst du her!“

Er war entzückt. Welche vertrauensvolle, entschlossene Leidenschaft! Daß man dem zusehen, ihm nachtasten durfte! Aber er besann sich: sie wollte von ihm mehr. Er hatte plötzlich Angst zu unterdrücken.

„Glaubst du denn, daß ich bin wie meine Geschöpfe? Ich habe sie vielleicht geschaffen, weil ich *nicht* so bin.“

„Aber du hast *sie geschaffen*. Du mußt sie doch im Herzen getragen haben ... Das ist so einfach, es ist mir heute nacht auf einmal klar geworden. Wenn die Menschen, die wir lieben könnten, in unserer Welt nicht leben — wenn sie nirgends leben — suchen wir sie doch im Herzen dessen, der sie erträumt hat! Warum tun die Frauen das nicht? Es wäre zu dumm gewesen, nicht zu dir zu kommen.“

„Ich bin nicht so stark ...“

Es war ihm, als ringe er mit dieser Siebzehnjährigen, als gelte es seine Selbsterhaltung.

„Ihr Verlobter, Contessina, ist ein Held gegen mich. Er hat mehr künstliche Kraft als wirkliche, ich weiß es, mehr Fechteranspannung und Douchenlebendigkeit, als Muskeln und Nerven. Aber wenigstens das Äußere deutet auf einen unternehmenden Kavalier. Sie haben von ihm immerhin vieles zu erwarten.“

„Ich weiß so ziemlich, was ich zu erwarten hätte,“ versetzte sie und schüttelte die Schultern. Sie ließ sich an seinem Tisch nieder, in seinem Arbeitssessel. Sie spielte mit Schreibgerät, warf ein Heft mit Notizen zu Boden und stützte den Kopf in die Hand.

„Als er mich in San Gimignano besuchte, als ich mit ihm im Garten auf dem bröckligen Aussichtsturm stand, hoch im Epheu und unter uns das blaue Land — weißt du, wie er mir vorkam? So fremd wie ein Engländer, der das photographiert. Was ich alles dort gefühlt hatte, was man in sechzehn Jahren alles fühlen kann am Grunde dieser Nester von Epheu und auf diesen durchlöcherten, warmen Mauern, bei den Eidechsen — meinst du, er hätte davon was geahnt? Ich hätte mich geschämt, ihm ein Wort zu verraten ... Dir —"

„Mir?" fragte Mario Malvolto und griff mit schlechtem Gewissen nach dem Geschenk, das sie hinhielt.

„Dir sag' ich's!"

Und sie sprang auf.

„Vielmehr, du weißt es schon. Auch du hast so gefühlt, ich hab's ja von dir selbst erfahren!"

Er sträubte sich.

„Wir treiben ein verdächtiges Gewerbe, wir Dichter. Wir führen euch Freuden zu, darum sind es aber noch nicht unsere ..."

„Du willst den Bescheidenen spielen. Du bist kokett."

Und da er eine Bewegung machte:

„Oder glaubst du mir nicht?"

Sie streckten gleichzeitig nach einander die Arme aus.

„Dir nicht glauben!"

Das war unmöglich. Ihr Atem, ihr Blick, die Linien ihres Körpers selbst verkündeten Wahrheit. Die Linien dieses zarten Körpers, dieser Seele aus Fleisch, überfluteten ihn, singend vor Leidenschaft. Er bebte unter ihnen, er wünschte heftig, sie möchten sein Herz umschlingen, es zerbrechen mit all dem Künstlichen darin, es auf immer vergewaltigen und knechten. Nichts mehr fühlen als sie! Welch ein Ziel — und welche Ohnmacht, es zu erreichen!

„Höre," bat er, heiser vor Qual, „du täuschst dich über mich, Gemma. Ich bin nicht so ehrlich wie du. Ich kann es nicht sein."

„Würdest du das sagen, wenn du es nicht wärest?"

„Ich bemühe mich in diesem Augenblick, es zu sein. Aber du darfst mich nicht zu schwer versuchen. Glaube, dein Verlobter, er mag kalt sein — er hat immer noch mehr gutes Gefühl als ich. Er ist dir immer noch verwandter. Du hast immer noch mehr von ihm zu hoffen."

„Ich weiß, was ich zu hoffen hätte."

„Er mag in deine Kinderträume nicht zurückblicken können. Sei froh, daß er's nicht kann. Er wird dich um so gutgläubiger lieben, wie du jetzt bist, wenn er nicht das Talent hat, in dich hineinzulügen, was nicht mehr ist oder nie war."

Sie ging wieder von ihm fort, sie setzte sich auf die Ottomane, verschränkte ihre Arme über dem Kopfpolster und stützte ihre Brust dagegen.

„Nicht nur daher weiß ich über ihn Bescheid," sagte sie langsam und sah erweiterten Blicks in das Mondlicht. „Ich weiß es auch von seiner Geliebten."

„Von der Traffetti?" fragte er rasch.

„Ich bin zu ihr gegangen. Wundert dich das? Sie ist eine große Sängerin und eine schöne Frau. Ich habe gedacht, sie hat keinen Grund, mir nicht die Wahrheit zu sagen. Und sie ist die einzige, die sie mir sagen kann ... Nun, er ist schwach, er — vermag wenig. Wie soll ich dir das bezeichnen?"

Er prallte zurück. „Hält sie denn mich für einen Stier?!" Sie deutete seine Bewegung.

„Ich bin ja kein Kind, ich kann urteilen. Er gebraucht künstliche Reizungen und Hilfsmittel, verlangt von seinen Maitressen Dienstleistungen, die — die mir die Traffetti erst erklären mußte."

„Ah! Ah! Sie hat dir's erklärt?"

Er dachte: „Ein junges Mädchen, das zu einer Dirne geht, um sich über die Leistungsfähigkeit ihres Verlobten zu unterrichten! Nein, das hätte ich nicht erfunden, das erfindet keiner!"

Sie sah ihn groß an.

„Und die — die brauchst du nicht."

Er gab zu, erstaunt:

„Nein."

Sie belebte sich.

„Siehst du, du hast mir eben niedrige Begierden zugetraut, ich weiß es, leugne nicht. Du kennst mich ja noch nicht ... Das Schlimme ist nicht, daß er kein starker Mann ist. Aber er hat keine Liebe. Die Traffetti liebt ihn, sie hat geweint, als sie es mir gestand!"

„Aber er hat sich neulich für sie geschlagen," sagte Malvolto, ehe er's bedacht hatte.

„Ich möchte nicht, daß sich einer so für mich schlüge. Er hat die ganze Zeit kalt und ruhig seinen Platz behauptet, seinen wütenden Gegner in Distanz gehalten — das Auge immer an der Degenspitze des andern — bis er ihn schließlich treffen konnte ... Wer eine beleidigte Geliebte rächt, ficht anders! Er liebt nicht, sage ich dir."

„Also nicht," dachte Malvolto und gab es auf, diesen Bräutigam zu retten. Er sah zu, wie das junge Mädchen an ihrem Corsage nestelte. Ein paar Schmuckstücke rollten auf den Teppich. Zwischen den Spitzen schimmerte ein wenig blaugeädertes Fleisch. Sie benahm sich wie ein Kind, das von langer Wanderung nach Hause gefunden hat, müde und glücklich.

„Ich werde nie seine Seele zu fühlen bekommen. Deine hab' ich oft gefühlt. Ich bring' dir meine."

Sie stand auf.

„Und meinen Körper."

Er stürmte hin zu ihr, stürzte auf die Knie, warf Küsse auf ihr Kleid und ihre Hände. Er war auf einmal voll durchwärmt von dem Gefühl dieser Seele, die seit Monaten, an seine denkend, sich aus einem Gefängnis, aus den Schlingen der Fremden frei machte; die tastete, nachtwandelte, und durch mondbeschienene Wälder tiefer, leidenschaftlicher Ahnungen den Weg fand zu ihm! Da war sie, da trat sie aus dem weißen Zimmer in einem Mondstrahl. Da stand sie, für ihn erschaffen, unerklärlich ohne ihn. Da lag sie auf seiner Brust, ihn zu erlösen, ihn in das Heiligtum des Lebens zu retten, ihm langen Atem einzublasen, ihn alles vergessende Empfindungen und starke Gebärden zu lehren!

„Ich liebe dich, Gemma!"

Sie lächelte nur, die Hände auf seinem Haar.

„Aber ich glaube ja!" rief er sich zu. „Das Wunder ist für mich geschehen, ich bin stark genug, es zu glauben, mich von ihm erlösen zu lassen!"

Er sprang auf, legte den Arm um sie ... Auf einmal überrann es ihn kalt. „Jetzt glaubst du, Komödiant. Und morgen früh wird deine Sorge sein, was wohl mit dieser Minute der Gläubigkeit künstlerisch anzufangen ist."

„Aber ich liebe sie," versicherte er seinem Widersacher. „Und sie mich. Bin ich denn kein Mensch?"

„Nein, du bist keiner. Du spielst ihn nur. Unterdrücke diesmal deinen Effekt, dies einzige Mal, aus Mitleid mit einem Kinde. Bedenke —"

„O ich weiß, ich habe ja Angst. Dies ist kein Abenteuer, das man hinnimmt, aus dem man entkommt, sobald man es müde ist. Es ist kein Haus mit zwei Eingängen. Es ist ein Felsental, über dessen einzige Pforte Wasser stürzen, wenn man drinnen ist!"

Er löste widerstrebend die Hände von dem jungen Mädchen. Sein Blick, von Schmerz verwirrt und über die Wände gejagt, traf plötzlich ins Auge von Pippo Spano. Jetzt lächelte Pippo Spano. Sein fürchterliches Lächeln, das niemals nachzuweisen gewesen war, jetzt sagte es mit klaren Worten:

„Ist das die Stärke, zu der ich, dein Gewissen, dich zwingen sollte? Ein Weib kommt, es betet dich an. Dein Blut reißt dich zu ihr. Und den Bedenken von Kranken zuliebe schickst du das heiße Leben fort? Tu's — aber versuche nie wieder, dich aus der Welt der Schwachen wegzustehlen in meine hinein, wo man liebt, raubt, und, wenn es sein muß, dafür stirbt!"

Mario Malvolto riß Gemma vom Boden. Alles Blut im Gesicht, gleich einem Krieger, dem sein erbeutetes Weib mit weißer Umarmung den Hals zuschnürt, trug er sie in sein Schlafzimmer.

III
Der Glaube

Mario Malvolto stand allein auf seiner Terrasse und sah den Tag aufgehen. Gemma war fort, er lauschte auf die letzten Schwingungen des Glücks, das sie in ihm angeschlagen hatte. Gleich würde es ausgeklungen haben. Wenn sie heute abend wiederkam als ganz dieselbe, immer in derselben Glorie von Leidenschaft — wie fand sie ihn? Er wußte es selbst nicht. Zwanzig Stunden konnten ihn wer weiß wohin tragen.

Er würde eine Anstrengung machen zu ihr zurück. Sie würde vielleicht gelingen.

„Nein, nein. Wir trennen uns gleich. Ich will sie nicht wiedersehen. Das ist stark gehandelt, denn noch begehre ich sie und werde sie noch oft begehren ... Ich will ihr schreiben. Sie wird sehr leiden. Das wird ein rascher Schmerz gewesen sein, rasch wie das Glück war. Ist man nicht daran gestorben, so ist's eben vorbei. Wäre ich jetzt mitleidig und suchte sie zu täuschen — das gäbe lange, lange Ängste, zitternde Wiederbelebungen dessen, was doch sterben muß."

Er stieg in den Garten hinab, ging durch die Wege, deren Lauben ihn oftmals bückten, und schrieb in Gedanken:

„Meine angebetete Gemma!

Heute habe ich noch das Recht, Dich so zu nennen. Wenn Du am Abend wiederkämest, wäre es vielleicht schon zur Lüge geworden — zu der ersten von all den Lügen, mit denen ich unsere Liebe fristen würde. Ich will das nicht, dafür waren wir eben noch zu stark und zu glücklich. Ich will Dir Dein wahres Gefühl mit der Wahrheit vergelten, die ich geben kann. Höre, meine Gemma.

Du liebst mich auf immer, nicht wahr? Du bist überzeugt, Du liebest mich auf immer. Und Du würdest ein Gefühl für nichtig halten, das seinen Tod voraussieht. Das aber, Gemma, tut meines. O, ich werde Dich in Jahren noch so heftig zu mir herwünschen, wie jetzt in diesem Augenblick! Aber kämest Du in zwei Stunden, vielleicht kämest Du schon zu spät. Vielleicht, Geliebte, bin ich Dir sogar heute nacht, mitten in unsern festen, festen Umarmungen schon untreu geworden. Wer weiß, ob ich nicht an ein Wort gedacht habe, das diese Umarmungen zu malen vermöchte? Die Kunst, Gemma, ist Deine Rivalin, und Du darfst sie nicht leicht nehmen.

Manchmal, wenn du, die Arme geöffnet, in mein Zimmer treten wirst, hält sie mich an ihrer harten Brust."

Mario Malvolto sah zu, wie eine Traube Glycinien durch seine hohle Hand schlüpfte, und überlegte: „Harte Brust? Hat die Kunst eine harte Brust?" Er ließ es vorläufig gut sein.

„Du verstehst mich nicht, ich sehe es voraus. Du meinst, eine Beschäftigung könne man doch verlassen, wenn eine

Frau eintritt. Der Lanti, wenn Du ihn heiratetest, würde sein Pferd wegschicken, sobald du wolltest. Ein Börsenmann würde seine Kunden abfertigen. Das Geld ist eine Leidenschaft, die selten stand hält vor der Frau. Mit der Kunst, Gemma, steht es anders. Nur sie, der Krieg und die Macht sind widernatürliche Ausschweifungen, die einen Menschen *ganz* wollen. Aber die Kunst ist von den dreien die verderblichste, sie enthält die beiden anderen. Sie allein höhlt ihr Opfer so aus, daß es unfähig bleibt auf immer zu einem echten Gefühl, zu einer redlichen Hingabe. Bedenke, daß mir die Welt nur Stoff ist, um Sätze daraus zu formen. Alles, was Du siehst und genießt — Deine Mauern von San Gimignano, über die Deine Kinderträume huschten wie Eidechsen: mir wäre nicht an ihrem Genuß gelegen, nur an der Phrase, die ihn spiegelt. Jeder goldene Abend, jeder weinende Freund, alle meine Gefühle und noch der Schmerz darüber, daß sie so verderbt sind — es ist Stoff zu Worten. Du selbst wärest einer. Gemma, das ist unerträglich.

Ich werde nicht bei meiner Frau sitzen, sie betrachten und glücklich sein. Ich werde sinnen, wie ich dieses Profil zu kennzeichnen habe, wie und auf welche unerhörte Art ich es ansehen muß, damit ein überraschendes Bild in mir entsteht und ein merkwürdiges Wort. Wenn ich Dein wunderbares Fleisch — ich gebrauche ein recht dürftiges Wort: wunderbar — wenn ich es unter meinen Händen spüre, werde ich nach einem kunstvolleren suchen, nach einem, worin Dein Fleisch, und nur Deines, ganz gefangen ist.

O, ich werde sehr beflissen sein bei Dir, Du wirst mich oftmals fiebern sehen vor Gefühl, vor Drang zu Dir, in Dich hinein. Glaube nicht, das sei Liebe! Ich habe es nötig, mich in Empfindungen hineinzuschwindeln, damit ich sie darstellen kann. Ich muß in Menschen, in schöne, starke Menschen, wie Du einer bist, eindringen, mit ihnen zittern, mit ihnen schwelgen, mit ihnen verdammt sein und untergehen. Aus mir selbst kann ich den Menschen nicht kennen, denn ich bin keiner; ich bin ein Komödiant.

Denke an alle Frauen, denen Du in Gesellschaft begegnest, die dir zulächeln; denke an jede einzelne und wisse: ich habe Dich schon mit ihr betrogen und werde es wieder tun — in meiner Seele. Und doch sollte in ihr nichts geschehen als Du! Aber noch Schlimmeres: ich werde Dich mit dir selbst betrügen, mit einer gefälschten Gemma.

Meine Geschöpfe, die Du liebst, um derentwillen Du zu mir und in meine Arme gestürzt bist, Gemma, sie waren ja alle einmal wirkliche Menschen. Meinen Wirkungen zuliebe habe ich sie umgelogen. So werd' ich Dich umlügen. Ich bin schon dabei. Dieser Brief ist schon das erste Stück Kunst, das ich aus Dir mache."

Mario Malvolto hatte Tränen in den Augen. Er litt aufrichtig; aber es war von Vorteil für ihn, zu leiden. „Mein Brief wird gut," sagte er sich.

„Du, Gemma, ein Weib, würdest notwendig Zeiten haben, wo du launisch, krank und traurig wärest; bei Deinem Geliebten würdest Du Hilfe suchen. Ich würde sie Dir spenden, zweifle nicht. Aus Eigennutz, um dabei zu lernen. Dein Leiden und mein Mitleiden, beides könnte mir zu statten kommen ... Ja, wenn Du stürbest — meine schöne Gemma, ich würde verzweifeln, ganz gewiß. Aber noch bevor Du ausgeatmet hättest, wären aus meiner Verzweiflung und Deinem Tod zwei Rollen geworden.

Hasse mich dafür nicht! Ich lebe in schwerer Einsamkeit hinter der erleuchteten Rampe, die mich von jedem unbedachten, nicht ausgenutzten Gefühl trennt.

Wie sehr wünschte ich, es wäre anders — und daß das Herzklopfen, das mich beim Rauschen Deines warmen Blutes befällt, nicht ebensogut den Erregungen gälte, die aus einem Tintenfaß steigen.

Könnte ich mich Dir auf einmal und völlig darbringen! Alles abdanken, was ich erworben habe und durch lange Kunst geworden bin; alles vor Deinen Knien niederlegen! Man sollte von mir nur noch hören, daß ich einer Frau zuliebe verschwunden bin. Und das Land, soweit mein Ruhm es überzogen hat, möchte ich wie einen einzigen Lorbeerhain deinen kleinen Tritten hinbreiten!

All meine Sehnsucht drängt nach den Starken, die das könnten, nach den Condottieri des Lebens, die in einer einzigen Stunde ihr ganzes Leben verschlingen und glücklich sterben. Anstatt uns nun trübe zu verlassen, hätten wir heute früh zusammen sterben sollen, o Gemma!"

Mario Malvolto unterbrach sich.

„Und warum nicht heute abend?" rief er in den durchglühten Schatten zwischen zwei Rosenbüschen. „Warum nicht übermorgen, oder jeden andern Tag, den wir glücklich waren!

Bemerke einmal, Freund, daß du da eine schlicht bürgerliche Niedertracht begehst! Du möchtest das Mädchen, das du genossen hast, in Bälde los sein. Du enthüllst ihr geheime Ärmlichkeiten, die nur dich angehen. Du hast kein Recht dazu. Da du sie einmal aufgenommen hast wie ein Starker, da du sie wie ein Stück Beute in dein Schlafzimmer geschleppt hast — tu' deine Schuldigkeit und bleibe stark! Sie ist zu dir gekommen wie zu einem der Künstler von früher, die zwei Frauen gleichzeitig vollauf befriedigten, eine auf der Leinwand ihrer Staffelei und eine auf der ihres Bettes. Im Grunde hast du Angst, diese oder jene könne deiner Gesundheit schlecht bekommen. So stirb an ihr! Das Wunder ist für dich geschehen. Es ist, dieses Wunder namens Frau, aus einer üppigeren und jäheren Welt, der von deiner Sehnsucht entzauberten, hervor und in dein Zimmer getreten. Du hast es begrüßt; nun glaube es! Nun glaube, daß es dich erlöst! Und bist du zu schwach zu glauben, dann stirb doch dafür, ohne deinen Zweifelmut zu verraten, wie ein Märtyrer, der sich ohne rechte Überzeugung, aber schweigend ans Kreuz nageln läßt!"

Mario Malvolto entschloß sich. Er zerriß in Gedanken den im Kopf geschriebenen Brief. Dann ging er ins Haus und stellte sich, die Arme verschränkt, vor das Bild des Pippo Spano. Nein, Pippo Spano lächelte nicht. Vielleicht doch? Aber sein Lächeln war nie so unnachweisbar gewesen.

Gemma zeigte sich ihrem Geliebten am Abend, und am folgenden wieder, und an jedem Abend.

Er bedachte, daß der Glaube sich erwerben lasse. Man mußte seine Gebärden nachahmen, in seinen Riten leben, seine diätetischen Vorschriften befolgen; am Ende kam er.

Es handelte sich darum, die Kunst, die auf das Gesicht der Liebe eine Maske drückte, zu überwinden, sie am Rande des Bettes abzuschütteln; den eigenen Geist herumzureißen wie ein Pferd, seine schöpferische Neugier von der ganzen Welt fort und auf eine Frau zu bannen, mit dem einzigen Ehrgeiz, eine vollkommene Liebe in sich zu erschaffen.

„Gelegentliche Ausschreitungen," sagte er sich, „sind den günstigen Arbeitsbedingungen des Künstlers weniger gefährlich, als die langsame Überschwemmung des Organismus mit geringen Mengen von Alkohol. Ich werde von jetzt an alle Tage Wein trinken."

„Ich werde zur Arbeitszeit Besuche machen, und zwar bei den im Geiste Ärmsten."

„Das war ein Fehler," gestand er einige Tage darauf. „Denn was dort gesprochen wird, läßt mir Zeit, zwischen zwei Sätzen eine Novelle zu erfinden."

Aber aus anspruchsvolleren Häusern kehrte er ebenso unbefriedigt zurück.

„Die zwei Wochen Nichtstun haben mich abscheulich wach gemacht. Alles, was man als Künstler in Gesellschaft erlebt: die Beunruhigung des Gewissens durch einen schönen Anblick, die Erbitterung durch eine Unempfindlichkeit und die Demütigung durch den Erfolg der geistreichen Mittelmäßigkeit; der Hymnus bei jedem freundlichen Frauenblick und die tiefe Traurigkeit darüber, nicht zu gefallen, während es doch unser Geschäft ist, zu gefallen — ich erlebe es heftig. Alles, was die in uns Künstlern wirksamen Instinkte reizt: unsere Rachgier, mit dem Willen die Natur zu bändigen, der Welt uns aufzuzwingen, unsere Prunksucht und den Drang nach Selbstverherrlichung — alles, was diese Instinkte zu der Ausschweifung reizt, die Kunst heißt, ich merke es unverzüglich und antworte darauf.

Bleiben wir zu Hause."

Er versuchte ein Buch zu lesen, um dessen willen, was darin stand. Bisher hatte er sie nur geöffnet, um etwas Eigenes aus ihnen zu machen. Bei seinem neuen Verfahren übermannte ihn düstere Langeweile. Darauf ging er spazieren.

Er stellte als Gesetz auf, daß die dunstige Linie der Berge am Horizont keinen Namen habe; und den silbernen Augen, die das Olivenfeld aufschlug, wenn die Sonne darüberfuhr, entsprächen keine Worte. Meistens legte er sich inmitten einer Landschaft unter einen Baum und schloß die Lider, wie ein Kranker, dem der langsame Atem der Natur Mut machen soll, und den ihr Licht und ihr Durcheinander nicht erschrecken darf. „Sie wird mich heilen. Ich bin ein Kranker, ich bin besessen von Kunst."

Wenn er es einmal wagte, sie anzusehen, deuchte sie ihm sanft und neu. Die gute Welt schenkte sich ihm keusch zurück, wie einem Genesenden. Nie war er ihr so still begegnet und ohne Verlangen wie heute; nie, seit als Knaben ihn die Angst gepackt hatte, mit ihr zu ringen, sie unter das Joch von Worten zu beugen. Jetzt endlich ließ diese Angst ihn los, täglich ein wenig mehr. Die Erde wollte nicht mehr erobert sein; milde winkte ihm jene Ferne, als Freund drückte ihn dieser Grashügel an seine Brust.

Einmal, Mitte Juni, stand er in der Pineta über Settignano, auf einem braunen Wege aus Steinen und Nadeln, und schaute in ein Tal, worauf aus raschen Wolken Lichter schossen. Nun blitzte ein Fluß auf am Rande schwarzer Äcker. Nun schlug an die steile Wand eines Waldes eine jähe, grüne Flamme. Nun brach aus der Schattenmasse von Zypressen weiß lodernd ein Haus. Mario Malvolto genoß das Glück, das alles ansehen zu dürfen, ohne es malen zu müssen.

Auf einmal ward aus dem Licht, das über entlegene Wiesen sprang, eine Herde traf, einen Fels und einen Menschen, auf einmal ward aus dem Licht eine Gestalt. Sie kam näher. Sie war weiß und leicht. Sie huschte zwischen das dürre Geäst drunten am Fuß des Gehölzes, von dem Malvolto herniedersah. Ihm schlug das Herz; er wußte, wer das gewesen war. Jetzt lebte in den Hainen sie, statt der Worte, die solange darin gehaust hatten! Im Bach spielten ihre Glieder. Blitzend trug jener Vogelflug die Sehnsucht nach ihr in eine geliebte Ferne.

„Die Erde ist voll von ihr! Nichts begegnet mehr meinem Gefühl, worin nicht ihr Atem ginge. Und sie, ich kleide sie nicht in Wortgepränge, nein, in Küsse. Kein Kunstwerk erschafft sie in mir, nur Liebe. Ich liebe sie, ich liebe sie!"

Er lief nach Haus; er meinte, er müsse sie dort finden.

„Ich bin ein Narr, sie ist kaum weggegangen."

Er hängte sich dennoch behutsam über die Gartenmauer, sie zu belauschen. Und sie war da. Sie sprang weiß und leicht aus einem Gebüsch, vom fliegenden Licht getroffen, wie er sie noch eben an fernen Feldrainen erblickt hatte. Sie setzte einem jungen Vogel nach; er flatterte auf einen Ast hinter dem Brunnen. Sie sprang hinauf, sie kreiste, gleitenden Schritts, ohne zu stocken und ohne ihre Füße anzusehen, auf dem schmalen Rande des tiefen Brunnens. Ihr wehender Ärmel machte die Zweige erzittern. Und das Licht aus den Wolken schien mit ihr zu laufen. Sie war selbst ein fremd gefiedertes Geschöpf voll wilder Schwungkraft, und dieser tiefe Garten lud sie ein in alle seine Verstecke. Sie streckte schon die Hand aus nach dem kleinen Zeisig ...

Aber Mario Malvolto sah sie in Gefahr und war erschrocken; sie hatte seinen Ruf gehört. Sie schaute um, die Hand als Dach über den Augen. Ein unterdrückter Jubelschrei, der Schrei eines aufschießenden Vogels, und sie sprang vom Brunnen. Sie flatterte an der Mauer empor, sie haschte nach seiner Hand, ihre Füße suchten die Lücken zwischen den Steinen, und so gelangte sie hinauf bis zu seinen Küssen.

Ihre Körper, auf den Bauch gelagert, schmiegten sich am Rande der breiten, warmen Mauer im Halbrund umeinander, wie zwei Eidechsen. Ihre Liebkosungen waren spielerisch und jäh. Gemma biß, stumm und wild, ihren Geliebten in den Hals, und dabei fielen ihre Blicke, vor Leidenschaft düster und haltlos, in den Garten zurück. Sie begehrte dorthin, sie ließ sich hinab und zog ihn hinein in ihr gewalttätiges Reich, zwischen Sträucher voll roter Blüten, die alle bluteten und nickten bei dem Fall der ineinander Verschlungenen.

Mario Malvolto meinte zum ersten Male eine Frau umarmt zu haben. Zum ersten Male war er, und mit ihm die Welt, von einer Frau ganz aufgezehrt, ganz in eine starke Frauenseele entrückt worden. Und aus diesen Sekunden eines

Lebens ohne Schranken kehrte er wie aus Jahren voll Kraft und Verschwendung mit Bitterkeit zurück.

Gleichviel — er hatte geliebt. Gemma hatte ihn aus einem Komödianten zum Menschen gemacht. Sie hatte ihn mit ihren lautlos gleitenden Schritten so weit in die Natur zurückgeleitet, daß er Ahnungen durchmachte! Er, der das Leben immer nur als Vorwand benutzt, mit allem, was leiden oder vor Lust beben macht, immer nur Versuche angestellt, an nichts geglaubt und an nichts gehangen hatte; er, der ganz in der Arbeit und ohne ein Vorgefühl im Nebenzimmer gesessen hatte, während seine Mutter starb — Gemma hatte sich ihm aus der Ferne angesagt!

Er war sich kaum bewußt, wie er ihr dankte, mit welchen Worten er sich glücklich pries. Er überlegte keines und behielt keines; nur den Namen, den er plötzlich für sie wußte: Santa Venere.

Sie war gekommen, weil sie eine große Freude mitbrachte. Ihr Bruder war dazu kommandiert worden, seine Leute ins Sommerbiwak zu führen. In drei Tagen brach er auf, und vielleicht monatelang würden sie ganz beieinander sein. Gemma bezog jetzt ihre nahe Villa, und allen Besuchen beugte sie vor durch die Nachricht, sie sei anämisch und immer auf weiten Spazierwegen. Welche neuen Seligkeiten erschlossen sich nun! Durch viele märchenhaft reiche Tage sahen sie auf einmal hindurch, wie durch lange, grüne Lauben mit Sonnengold durchsprenkelt; und bis tief in die schwarz marmornen Galerien ihrer künftigen Nächte gleißten Wonnen!

Als sie gegangen war, kam er sich plötzlich leer vor, aus einem andern Leben wieder einmal bitter und leer zurückgekehrt.

Er wanderte unbestimmt suchend durch seine Zimmer. Dort trieb sich einer ihrer Handschuhe umher und dort zerpflückte Blumen. Ein Werk mit Bildern lag auf zerknickten Blättern im Winkel. Eine der Florentinerinnen von einst trug um den Hals eine riesige Damenkravatte vom neuesten Geschmack. Malvolto setzte sich den Hut auf, wie im Café, in irgend einem Raum, wo man zufällig eine Stunde hingehen läßt. Er war hier nicht mehr zu Hause, er gehörte zu ihr, zu dem fremden Geschöpf voll gesetzloser Schwungkraft, das herbeiflog, umarmte, aufflatterte. Sie hatte sich verbündet mit Pippo Spano, um diesen kriegerischen Zustand herzustellen zwischen seinen Wänden. Auf der erdbeerfarbenen Stofftapete reckte sich Pippo Spano jetzt noch einmal so entschlossen zum Sprung. Mario Malvolto fühlte sich dieser fortwährenden Kampfbereitschaft nicht gewachsen. Er sandte einen trüben Blick in das verwüstete Schlafgemach, in das Toilettenzimmer, das von Wasser troff. Und nur der kleine weiße Salon, wo sie ihm in jener Mondnacht zuerst erschienen war, lag unberührt. Sie betrat ihn nie, er war ihr zu zerbrechlich und zu sanft. Tina, seine große Tragödin, hatte darin gesessen, wenn sie manchmal, ganz Geist wie ein Freund, tief durch kunstreiche Stimmungen mit ihm geschweift war. „Ah! die ließ mir Zeit zum arbeiten. Was sag' ich, wir liebten uns, um zu arbeiten. War das wirklich so beklagenswert?"

Er steckte seufzend den Schlüssel in die Schieblade seines Schreibtisches, die sein begonnenes Manuskript barg. Es war der einzige Fleck im Zimmer, wo Gemmas kleine, willkürliche Hand noch nichts umgewendet hatte.

„Mein Gott, wie lange ist es denn her, daß ich geschrieben habe! Ich weiß nicht mehr, wie ich das da gemacht habe. Keine Seite davon brächte ich mehr fertig, ich habe alles Talent verloren!"

Er nahm den Kopf zwischen die Hände.

„Wenn wir fertig sind, das Mädel und ich — wir müssen doch einmal fertig werden! — wie viele Monate Hygiene und strenger Langeweile werd' ich dann brauchen, bis ich alles wieder gutgemacht habe.

Ob die ahnt, daß sie mich jetzt schon einen halben Roman kostet? Sie ist teuer; aber man glaubt gar nicht, wie hoch Frauen sich selbst bewerten; was sie alles entgegennehmen, ohne sich zu wundern. Das ist bekannt; nur daß man Augenblicke hat, wo man's neu entdeckt.

Ach was. Eine Menge seelischer Nahrung ziehe ich doch aus der Geschichte. Ich hatte es vielleicht nötig, einmal wieder etwas Starkes zu erleben; man hat sonst nur noch Kunst, die sich selbst befruchtet. Was mir das Mädel genützt hat, werde ich später erfahren. Später ..."

Und er bewegte, alle Gedanken wegschiebend, die Hand.

„Ich bin ja zu müde. Was ist im Grunde der Glaube, den sie mir beibringt; der Glaube an sie, das Wunder? Müdigkeit, nichts weiter. Sie nimmt mich zu sehr in Anspruch, als daß ich noch arbeiten könnte.

Das weiß sie nicht. Ich bin sicher, daß sie das nicht weiß. Sie ist sehr keusch. Bei ihren starken roten Lippen, deren Küsse saugen; bei ihrem Gang, der einen beschleicht; ihren Gebärden, die umstricken, ihren Augen, die sie vor Leidenschaft manchmal verschließt — bei alledem ist sie sehr keusch. Ihre Augen sind voll der süßen tierischen Reinheit der begehrlichen Frau. Da ihre Seele immerfort nach mir verlangt, wie sollte es nicht auch ihr Körper. Sie ist noch aus einem Stück. Sie weiß von keiner Seligkeit ohne Kitzel. Sie meint, um die Seele zu entzücken, müsse man den Leib berauschen. Hat sie nicht recht?"

Er warf das Manuskript in die Schieblade, vergaß zum erstenmal den Schlüssel abzuziehen, betrat die Terrasse, atmete tief. Er verlangte schon wieder nach ihr.

Tags darauf kam statt ihrer ein Brief. Sie sei beim Umzug, und auch ihr Bruder gebe ihr viel zu tun, bevor er abreise. Drei Tage noch!

Mario Malvolto saß die drei Tage unbeschäftigt, immer zum Aufspringen bereit, in seinem Zimmer. Vielleicht wollte sie ihn überraschen? Jeden Augenblick konnten hinten im Garten die Zweige krachen, die sie zurückbiegen mußte, wenn sie durch das heimliche Pförtchen schlüpfte.

Aber sie kam erst zur bestimmten Stunde, und sie lachte schlau. „Wie das Warten dich aufgeregt haben muß! ... Und mich!" sagte sie ehrlich, und fiel ihm zitternd um den Hals.

In der Zwischenzeit hatte sie einen Einfall gehabt.

„Sag einmal, arbeitest du eigentlich?"

Er wich aus.

„Nein, das möcht' ich wissen. Wenn ich kam, hast du immer bloß gewartet. Oft warst du über Land gelaufen. Du siehst vorzüglich aus, besser als anfangs. Aber ich habe dich noch niemals am Schreibtisch gesehen. Du meinst doch nicht, ich will dich davon abhalten?"

Er begriff. Sie wollte ihn ganz: auch am Schreibtisch. „Sie fürchtet, ich verstecke mich vor ihr, wenn ich dichte; ich enthalte ein zweites Leben ihr vor. Wenn sie wüßte, wie sehr sie irrt!"

Sie hatte den Schlüssel in der Schieblade bemerkt, sie stürzte sich darauf, riß das Manuskript heraus.

„Da haben wir dich! Also das zeigst du mir gar nicht. So etwas Schönes!"

Es war das erstemal, daß er sie einen Gegenstand mit Achtung berühren sah. Sie legte die Blätter wohlgeordnet auf den Tisch.

„Da, setze dich hin!"

„Ich soll schreiben? Gemma, was denkst du, ich hab' mich drei lange Tage nach dir gesehnt!"

„Ich mag dich nicht — wenn du nicht schreibst."

Er gehorchte. Er blätterte, unklaren Kopfes, in dem Fertigen, besann sich mühsam auf den nächsten Satz, den er schon gewußt hatte. Er schrieb ihn hin, dann war's aus. Wie er aufsah, stand Gemma ganz nackt da, und die Arme halb erhoben.

„Nun schreibe," sagte sie leise, mit Ehrfurcht.

Er saß aufrecht und blaß und biß sich die Lippen. Sie tänzelte; er fühlte sie wie eine große, sehr weiße Blüte, bewegt von heißem Luftzug, um sich herschwanken.

„Ich will, daß du von mir Genie bekommst," flüsterte sie.

Sie streifte ihn. Er hatte auf einmal alles Blut im Kopf. O ja, Genie! Es schossen plötzlich die Ahnungen unerhörter Schöpfungen in ihm auf, ein wahrer Urwald des Geistes, glühend von Kelchen, strotzend von Saft, heulend von Untieren, und undurchdringlich. Er sah sich hilflos, er bändigte kein Gefühl, schnitt kein Bild heraus, entdeckte kein Wort. „Das alles wird später kommen. Später ..."

Er erblickte sie von vorn, auf der Schwelle der besonnten Terrasse. Sie hatte rosige Umrisse, und ihre Formen verschleierte eine durchgoldete Dämmerung. Sie war eine kostbare Muschel; ihr Haar, das sich auflöste, schlug um sie her wie Algen.

Sie war eine zierliche Nymphe, die kaum erkennbar, so rasch ging es, nur wie ein Lichtstreif die erdbeerfarbene Wand hinhuschte, einen Augenblick scheu und wild über seine Schulter lugte, und von der gleich darauf nichts übrig war, als ein leiser Duft, wie der Rest eines Fabeltraums.

Und plötzlich erhob sich drüben auf dem Rande seines breiten Tisches, das Haar hoch aufgebunden über dem abgewandten Profil, mit keusch gebogenem Nacken, eine Hand an der Brust, die andere vor den geschlossenen Schenkeln — die Venus.

„Wenn du nicht schreibst —" sagte sie schließlich.

Er warf Hals über Kopf hin, was ihm durch den Kopf ging. Sie kam neugierig herbei, setzte sich auf die Armlehne seines Sessels und schaute zu. Er sah die Muskeln ihrer feinen Beine spielen und schrieb immer weiter. Was kam darauf an! Ihn schüttelte eine halsbrecherische Genugtuung. Er fühlte sich auf schlimmen Gipfeln, über alles hinaus, was ihm einst hoch gedeucht hatte. Die Kunst? Die steile Einsamkeit der Kunst? Sie, zu deren Ernährung man das Leben aussog und arm machte, um derentwillen man den Menschen abdankte und Komödiant ward? Ah! jetzt spielte er Komödie. Aber seine Arbeit, die Arbeit am Schreibtisch, die Kunst selbst war Komödie geworden, und er spielte sie der Liebe vor!

Da umarmte Gemma seinen Kopf und bog ihn zurück, ganz als holte sie ein Kind heim, das sich lange genug umhergetrieben hatte. Das alles war nur der Kampf zwischen der Frau und dem Buch gewesen. „Ihr ist er nicht bewußt geworden ... Wie liebe ich sie, weil sie gesiegt hat!"

Sie senkte sich langsam über ihn, zu genußsüchtigen, runden und tiefroten Küssen. Er war auf einmal in ihr Fleisch eingehüllt wie in eine Duftwolke. Es war durchtränkt mit Iris, ihrem heimatlichen Wohlgeruch. Und mit geschlossenen Augen meinte er, die großen, blauen Lilien schlügen für immer über ihm zusammen.

Zum Essen mußte sie nach Haus. Sie ging ins Toilettezimmer. Und sofort fühlte er sich tief im Unglück, weil er sie eine Stunde lang entbehren sollte.

„Ich bin unersättlich," sagte er sich mit Jubel. „Es scheint, ich werde ihr niemals unterliegen. Im Gegenteil, sie bekommt mir, ich bin stärker als je. Ich habe Appetit, ich reite ohne Anstrengung, fechte mit Leichtigkeit. Ich denke an nichts — ich bin glücklich.

Darin besteht das Glück: Körper zu werden. Was mich überfeinert und entmenscht hat, war die Phantasie. Ich habe nicht nur die Frau mit dem Körper geliebt, sondern auch noch mit der Seele die Träume, die ich aus ihr machte. Es war jedesmal doppelte Arbeit, und mußte mich aufreiben. Jetzt werde ich gesund. Gemma ist kein Traum, ich selbst bin mir keiner mehr. Ich bin ein Körper im Gleichgewicht, und froh, einer zu sein ... Ich liebe sie ohne Hintergedanken, ohne Sehnsucht, mit einfacher Leidenschaft und so, wie sie geliebt sein wollte, als sie eines Nachts in meine Arme lief! Ich erdichte nichts mehr, ich habe nur noch lebendige Vorstellungen einer schönen Körperlichkeit. Ich sehe sie in diesem Augenblick so deutlich, als wäre sie gar nicht hinausgegangen. Mein Gehirn und all mein Blut ist voll von ihrem Körper, von ihren blütenfarbenen Armen um meinen Hals, von ihren langen, zart gewölbten Schenkeln, die sich mir öffnen, von ihren getanzten Liebkosungen. Ihre Gebärden — ich bin ganz behangen damit! Ich, mein Haus, mein Garten, dieser Hügel: überall hat sie, mag sie auch fern sein, ihre Gebärden hinterlassen, die wie abgerissene Blütenzweige sind, die ich sehe, greife, und deren Duft ich einatme!"

Sie kehrte zurück, im Anzug. Sie nahmen so heißen Abschied, daß sie am Ende wieder halb entkleidet ihm in den Armen lag.

„Ich gehe nicht mehr," sagte sie und stampfte auf. „Wir essen zusammen."

Er führte sie auf die Schattenseite des Hauses, in die lange Loggia, auf deren Mauern Orpheus, jung und mager, zwischen steilen, kaum knospenden Bäumen schritt, und über einem heftig blauen Meer Galathea helle Glieder wiegte. Sanft schob das Olivenfeld seine blassen Laubwolken bis unter die Bogen der Halle.

Malvolto nahm vor der Tür dem Diener die Schüsseln ab und trug sie hinein.

„Du bist zu ängstlich," sagte Gemma.

„Nein, ich bin eifersüchtig," gestand er. „Nicht einmal der arme Alte soll einen Streifen Fleisch schimmern sehen zwischen den Spitzen auf deiner Brust. Alles ist mein!"

Sie riß, ohne zu antworten, und die Zähne auf der Lippe, herunter, was sie noch am Leibe trug. Er stürzte sich mit dem Mund auf ihre Kniee.

„Habe ich dir nicht vorher gesagt," murmelte sie mit einem versunkenen Lächeln, „ich wolle vor dir immer nackt sein?"

Er richtete sich auf.

„Es könnte sein, daß uns Pan zusieht, draußen vom Acker her. Sonst niemand."

„Wir wollen's hoffen," sagte sie leichthin und lächelnd.

„Der Bauer arbeitet nicht mehr in dieser heißen Stunde, und sein Feld ist abgeschlossen. In unserm Garten ist kein Fleck, den man von irgend einem Nachbarhaus sehen könnte. Ich habe mich überzeugt, ich habe dazu ringsumher Besuche gemacht ... Was mich beunruhigt, sind deine Leute. Wie erklärst du deine langen Abwesenheiten?"

„Ich? Gar nicht. Das ist Sache meiner Gesellschafterin. Soll sie doch einen Ort erfinden, wo ich wohl sein könnte. Wozu habe ich eine Anstandsdame."

Und die Leidenschaft dieser Frau, die von keiner Rücksicht wußte und Listen verschmähte, schlug ihm ins Gesicht wie ein Südsturm. Ihm stockte der Atem.

Sie aß die Gerichte hastig, und nachdem sie sie stark gewürzt hatte. Und sie saß dabei ihm auf dem Schoß. „Das Hauptgericht bleibe ich!" meinte er.

Er sagte nachher, leicht ermattet:

„Ich werde, um nicht zu verhungern, heimliche Mahlzeiten einlegen müssen."

Sie lachte, ohne zu verstehen.

Wie sie in der Frühe erwachten, kam gerade die Sonne herauf. Ihre ersten feinen Strahlen stachen durch das offene Fenster, zerbrochen zwischen den hohen, blaugrünen Vorhängen zu Goldstaub. Gemma hielt ihre flache Hand hin, um ihn aufzufangen. Sie raffte sich aus den Decken, stieg, und das leichte Gewebe des Hemdes schaukelte um ihre raschen Glieder, auf die Fußwand des Bettes und stand von blaugrünem Licht ganz umwogt. Es war das Licht am Grunde sagenhafter Meere. Das Gemach war blaugrün an Wänden, Estrich und Möbeln, und auf Bett, Truhe, Schrank und Spiegel in der schlichten Renaissance von Siena, dazwischen der weite Raum halb öde lag, flimmerten unsicher und rätselhaft die vergoldeten Schnitzereien.

Nur in der Ecke beim Fenster, auf dem einzigen Bilde kreiste rote Sonne.

„Was ist das?"

Und Gemma streckte die Arme durch die lichtdurchsickerte Dämmerung, wie ein Meergeschöpf, das aus der Tiefe nach einem Wunder über den Wassern fragt.

„Das hab' ich noch nie bemerkt."

„Weil du noch nie bis Sonnenaufgang bei mir warst. Das Bild erscheint einem nur in dieser Morgenstunde."

„Ich sehe einen halbrunden Säulengang, und aus seinen zwei Toren speit er Genien mit gespenstigen Flügeln und mit Schlangenschwänzen, kleine Drachen, Ungetüme, die ihre Bäuche aufblähen, und Frauen, große Frauen, die Haare voll reifer, dunkler Früchte, oder die Locken zu Zangen gebogen — Frauen mit langen, schmalen Brüsten wie Tiereuter. Sie tänzeln seltsam, winden Spiele aus Fleisch, nein, aus beglänzten Blüten, in den Farbenwolken ihrer Gewänder, drehen Scheiben aus grüner Luft, und eine Eule glotzt hinein ... Ich möchte so träumen," sagte Gemma. „Und dort, in der Tiefe des Säulenkreises steht ein Lager, da träumt Einer!"

„Das bin ich, Gemma. Weil ich der Einzige bin, der die Köstlichkeiten des Bildes gefühlt hat. Das Original hängt ungekannt irgendwo. Ich bin eitel auf die Bilder, die niemand empfindet; die gehören mir ganz! ... In wievielen Morgenstunden," sagte Malvolto, im Bette aufgestützt, vor sich hin,

„in wievielen, ehemals, habe ich alle meine Träume erscheinen lassen, und alle fand ich in diesem Bilde angekündigt — und gerichtet."

Gemma stieß einen Schrei aus. Sie flüchtete in die Arme ihres Geliebten.

„Scheußlich — nein, das ist scheußlich! Eine Maske — eine Maske mit einer großen Nase, und rot, und ganz als ob sie lebte; und dabei ist sie aus Haut: Haut von einem Gesicht!"

Nach einer Weile, noch erschauernd, fragte sie:

„Was soll das heißen?"

„Ich hab' es immer für eine Erklärung der Kunst gehalten," erwiderte er. „Diese abgezogene Haut, die mit der Form des verlorenen Körpers prahlt, und auf unmögliche Weise sich färbt vom Lauf eines Blutes, das längst gestockt hat — mir war es die Kunst. Ich griff hinter dieser Haut, die wie das Leben die Nüstern bläht und mit den Lidern klappt, nach dem Körper, nach dem Leben selbst. Es war nicht da — für mich nicht ... Aber jetzt halt' ich es!"

Sie kehrten aus tiefer Umarmung zurück. Gemma trat noch einmal vor das Bild.

„Sie ist wirklich scheußlich! Aber ich will sie haben. Ich will eine Maske daraus machen lassen und dich damit erschrecken. Du sollst sie mir abzeichnen. Gleich! Komm, hol' dir Papier!"

Sie liefen beide in das Arbeitszimmer, stöberten umher in den Schiebladen und stießen schließlich auf das Manuskript.

„Es scheint, es ist nichts anderes da," meinte Gemma zögernd.

Er drückte ihr ein Blatt vors Gesicht, so fest, daß ihre Nase es durchbrach.

„Was tust du?!"

„Du weißt nicht, was das ist? Das ist die Haut — die Haut, unter der scheinbar das Blut kreist. Da hast du deine Maske!"

Sie hielt das zerfetzte Papier in der Hand. Er entzündete ein wächsernes Zündstäbchen und ließ die Flamme die geschriebenen Zeilen hinan klettern. Als sie Gemmas Fingern nahe kam, nahm er ihr das Blatt weg und trug es zum Kamin.

Er kam zurück und holte noch einen Bogen. Sie war blaß geworden. Sie ahnte, ohne ihn zu begreifen, ihren letzten, alles niedermachenden Sieg.

„Was tust du?" fragte sie nochmals. „Du willst doch nicht dein Werk verbrennen, dein kostbares Werk? Du sollst daran weiterschreiben — später."

„Später? Wann?"

Sie wußte es nicht.

„Ich will dir sagen, Gemma, für uns gibt es kein Später. Wir lieben uns, und dann kommt der Tod."

Sie erzitterte. Sie warf ihm die Arme um den Hals. Das Gesicht auf ihrem sprach er:

„Ich erträume ja nichts mehr. Die Träume dort auf dem Bilde sind alle in die langen nächtlichen Säulengänge verschwunden, die sie früher ausspieen. Statt aller Träume hab' ich dich. Du bist ihrer aller Verwirklichung, der Preis aller meiner Sehnsucht. Du hast mich in dein Leben hinübergerissen —"

„Ja!"

Sie küßte ihn und verstand nicht, was er noch dachte:

„— wie in eine mit Dornenhecken umstellte, üppigere und jähere Welt, wo Gewalt geübt wird und trunkene Hingabe; wo namenlose Untergänge ausgekostet werden und unfaßbare Herrlichkeiten; wo man ganz lebt und auf einmal stirbt."

„Auf einmal stirbt," wiederholte sie, mit erweitertem Blick. Sie hatte nichts gehört als diese Worte, die von seinen Lippen kamen, als die ihrigen sie losließen.

„Ja, so kommt es, ich fühle es," sagte sie.

Langsam nahm sie ein Blatt des begonnenen Werkes, ließ es aufflammen und legte es auf die Feuerstätte. Sie brachte noch eines herbei und noch eines; das Feuer stieg, sein Widerschein sprenkelte ihr weißes Fleisch und rann in die engen Falten ihres Hemdes. Sie trug, indes ihre kleinen Hände den Scheiterhaufen ordneten aus Gedanken, Sehnsüchten,

schmerzlichem Ringen nach Größe — sie trug ein zweideuti-
ges Lächeln, süß und grausam.

Mario Malvolto stand neben ihr, die Arme verschränkt. Er
sagte sich, voll selbstmörderischen Frohlockens:

„Ich glaube."

IV
Die Tat

Er saß in der Dämmerung und erwartete sie. Sie war auf
ein Stündchen nach Haus, um mit ihrer Gesellschafterin zu
sprechen, die sie in Toilettefragen zur Stadt geschickt hatte.
Der Sommer war zu Ende, ein kühler Hauch kam aus dem
Garten, die tote Zypresse ragte ohne ihre Schleier von Glycinien, entblößt und drohend. Malvolto legte sich vornüber, das
Gesicht in die Hände, und dachte an Gemma, unbegreiflich
beklommen.

Plötzlich wußte er, sie sei da. Kein welkes Blatt hatte gera-
schelt. Sie stand, dunkel und scharf, in dem bleichen Rahmen
der geöffneten Terrassentür.

Sie kam langsam herbei — er tat einen Atemzug bei jedem
ihrer Schritte — und stellte sich zwischen seine Kniee, mit
herabhängenden Armen, ohne ihn zu berühren. Er sah ihr
Gesicht über seinem planen, verhalten schimmernd unter
dem Schleier des Abends, eines Abends, der ihn beunruhigte,
als sollte er sich nie mehr lichten. Und die beiden Augen über
ihm, groß und schwarz, erblindend in Nacht, heiß von ver-
deckter Glut — er hielt sie für zwei Krater, ihm weit geöffnet.
Sie kamen ihm langsam näher, ganz nahe, es ward ein einziger
daraus, über dessen Rand er sich beugte, schwindelnd und
verlockt zu tiefen Lüsten. Da berührte Gemmas Wange die
seinige, und Gemma flüsterte:

„Lieber, wir müssen sterben."

Er drückte als Antwort nur ein wenig fester seine Wange
an ihre. Sie hatte ihm nichts neues gesagt. Er hatte ihre Worte
kommen fühlen, den ganzen Weg von ihrem Hause zu seinem. Nein, noch viel weiter kamen sie her: aus jener ersten
Nacht, da sie sich ihm gegeben hatte! Sie hatten beide von

jeher gewußt, daß nach ihren Umarmungen nichts mehr übrig sein werde als Sterben. In ihrer Liebe war der Tod von Anfang an mit eingeschlossen. Sie hatten gesagt „Für immer"; und die längste Zeit des Immer, wußten sie, war Tod.

Sie hatte ihn um die Schultern gefaßt, und er sie. Sie fühlten einen krankhaften Zauber sie einwiegen, sie ertränken und auflösen. Rings um sie her lösten die Formen und die Farben sich auf, die ein Tag den Dingen geliehen hatte.

Malvolto arbeitete sich mit Anstrengung empor, an die Oberfläche eines schwarzen Wassers. Er fragte:

„Aber weshalb? Was ist geschehen?"

Gemma lächelte; sie trat von ihm weg und sagte leichthin:

„Mein Gott, man hat uns photographiert."

„Uns —"

„Ja. Unser Bild geht in der Stadt von Hand zu Hand. Es soll sehr gut gelungen sein. Ich stehe auf der Terrasse und du liegst vor mir."

„Du bist — nackt?"

„Und du, Armer, hast auch nicht viel an."

„Unerhört! Das ist doch unerhört. Wenn ich mich doch vergewissert habe, daß von keinem Punkt der ganzen Umgebung meine Terrasse zu entdecken ist! Es muß vom Garten aus geschehen sein. Das kann nur Niccolo, mein Diener, gewesen sein — oder es war deine Gesellschafterin. Ich will doch —"

Und er wollte zur Tür. Gemma faßte seinen Arm.

„Sage, geht das uns noch etwas an, wer es getan hat? Ein namenloser Vorübergehender. Wir wollen unsere Augenblicke sparen, und uns noch lieben."

Er kam zurück, auf einmal beruhigt.

„Du hast recht. Wie hast du's erfahren?"

„Meine Gesellschafterin hat das Bild gesehen, bei zwei Damen, in einem Laden, wo man sie nicht kannte. Man verkauft es unter der Hand, es soll großen Absatz finden. Du begreifst, ich, die Cantoggi, und du, Mario Malvolto ..."

Er hatte eine Regung von Eitelkeit. Und gleich darauf, wütend vor Scham darüber, und auf sie losstürzend, ihr zu Füßen:

„Und du, Gemma — all deine keuschen Schätze, die nur für mich, für mich geglänzt haben, nun zeigt man sie in den Salons, in den Klubs, hinter den Kulissen umher! Ja, wir müssen sterben, denn wie sollten wir das aushalten!"

„Das hielte ich schon aus," sagte sie, immer lächelnd.

„Ich habe deinen Ruf getötet! Man beglückwünscht mich jetzt in der Stadt, alle beneiden mich. Das ist zu viel Schmutz."

Er schlug sich die Stirn mit den Fäusten.

„Wir müssen sterben!"

„Nicht deshalb," sagte sie sanft. „Das alles ist mir gleich. Aber weil man uns trennen würde."

„Man würde uns —"

Er stand auf.

„Weiß dein Bruder es? Ist er zurück?"

„Er kommt erst nächste Woche. Aber er kann es täglich erfahren."

„Man wird es ihm ja nicht sagen!"

„Wenn er ein Gatte wäre," sagte Gemma, und ihr Lächeln war kaum noch zu erkennen. Malvolto senkte die Stirn.

„Allerdings. Einem Bruder wird man es sagen."

Plötzlich fuhr er in die Höhe.

„Dann schlagen wir uns eben!"

Gemma schüttelte nur den Kopf. Er rief:

„Du meinst, er werde mich töten? O bitte. Vor vier Monaten vielleicht. Jetzt bin ich sehr stark mit dem Säbel."

Sie erwiderte:

„Tötest du ihn, sind andere Verwandte da, und sie werden uns trennen. Ich bin erst Siebzehn."

Und da er schwieg, setzte sie in einfachem Ton hinzu:

„Siehst du, dann müßten wir dennoch sterben. Warum willst du vorher meinen armen Bruder töten. Sterben wir lieber gleich jetzt."

Malvolto sah hastig umher: nein, es blieb nichts anderes mehr zu tun. Gemma, dieser schmale, verschwimmende Umriß dort vor ihm, mit dem Gesicht, das schimmernd in der Nacht ruhte, mit den Augen, die noch tiefer waren als sie — Gemma war nun zu einer kleinen, weißen Judith geworden, und um einen ihrer lieblichen Finger schlang sich eine Locke, daran hing ein Kopf: sein Kopf.

Aber sie starb mit ihm! Er verleumdete sie — die starke Märtyrerin, die so schlicht und klar auf den Tod zuschritt, indes er, ihr Geliebter um dessentwillen sie hinging, noch nach Ausflüchten suchte. Er zog sie an seine Brust.

„Gemma, du einzige Liebende! Wie kannst du nur so stark und ruhig sein. Ich bin es, der dich tötet! Haßt du mich denn nicht?"

„Dich hassen!" rief sie, zum erstenmal mit Erregung. „Mir scheint ja, jetzt lieb' ich dich erst! Als ich vorhin in die Tür trat, und du saßest in der Dämmerung: ich stellte mich zwischen deine Kniee, wir sahen uns an — ja, wir sahen uns an. Hattest du mich schon einmal so angesehen? Ich dich niemals. Ich hätte nicht geglaubt, ich könnte noch glücklicher werden als ich war. Es ist jetzt etwas da, was noch glücklicher macht ... Wir wollen genießen," flüsterte sie, die Lider geschlossen.

Er riß sie vom Boden, mit solcher Wildheit wie in ihrer ersten Nacht. Ja, sie war die große Sinnliche: durch ihre ganze üppige und jähe Welt jagte sie ihn, bis ins letzte Dickicht, wo die tiefsten Lüste gefeiert wurden, die in Blut ertranken!

Er schleppte sie, rasend unter der Peitsche des Todes, in das Schlafzimmer.

Als sie zurückkehrten, war der Mond aufgegangen. Sie hielten einander umfaßt, sie lehnten die Schläfen aneinander, und gingen müde. Wie sie den grellen Lichtstreifen betraten, der von der Terrasse her breit durch das Zimmer strich, schraken sie auf, als seien sie kalt übergossen, und trennten sich. Gemma ging zur Tür, stützte den Arm an den Pfosten und legte die Stirn dagegen. Sie hörte Mario rastlos über den Teppich wandern. Er sah sich um. Wie dieser Raum sich verändert hatte! Er gehörte schon nicht mehr ihrer Liebe; er sollte sie beide sterben sehen, dieser selbe Raum! Die breite Ottomane bot sich nicht mehr ihren Umarmungen dar; sie glich einem Operationstisch!

Gemma wandte sich unversehens um und sagte kurz:

„Also tue es."

Er blieb stehen, mit unüberlegter Erbitterung:

„Ich soll — dich soll ich —?"

„Ja, soll denn ich es tun?"

Sie sahen einander gerade in die Augen, und sahen es darin aufflammen von Feindseligkeit.

In der nächsten Sekunde liefen sie aufeinander zu, sanken sich an die Brust. Einer fühlte des andern Tränen auf der Wange.

„Wir, die wir nur noch ein Leben haben!"

„Ich habe dein Blut in mir," sagte Gemma. „Nur deines!"

„Und doch müssen wir uns töten, du mich, ich dich."

„Wir sind unglücklich!"

Sie blieben lange reglos. Da schluchzte Gemma auf.

„Ich soll dich nie mehr haben — nie mehr."

„Ich soll niemals mehr deine Hüften küssen," sagte Mario, „und ihre kleinen Gruben mit den Lippen messen. Nie mehr das Gesicht in dein Haar wühlen, nie mehr deine Knie —"

Er hielt, an sie geklammert, eine schmerzliche Andacht. Er füllte ihre zarte, rote Ohrmuschel noch einmal mit der Last seiner geflüsterten Begierden, klagte sie, Glied für Glied, an, weil sie ihn verriet, weil sie ihm keine Freuden mehr spenden würde.

Sie machte sich schließlich los, ging mit ihrem gleitenden Schritt zur Ottomane, stützte sich darauf und lächelte ihm zu:

„Ich bin bereit."

Er fuhr sich mit der Hand über die Stirn, dann trat er rasch an seinen Schreibtisch. Sie sah weg, sie hörte etwas Metallenes klappern. Er kam auf sie zu, eine Hand im Rücken.

„Dein Mörder kommt," stammelte er. „Er beschleicht dich."

Er brach vor ihr zusammen, die Stirn auf ihren Knien.

„Ich kann doch nicht! Du bist stärker, Gemma —"

Er reichte ihr die Waffe.

„Du liebst mich nicht, wie ich dich liebe — bis zum Zittern der Hand."

„Ich liebe dich so," sagte sie, und hüllte seinen Kopf noch einmal in ihre Arme — „so, daß es kein Glück mehr für mich gibt, als durch dich zu sterben! Bedenke doch, der Tod erst gibt dich mir ganz. Er macht uns unzertrennlich Du, küsse mich, während du zustößt."

Aber er riß sich los.

„Du sollst leben!" rief er. „Was geht mein Schicksal *dich* an! Ich, ich bin's zufrieden, und ich danke dir!"

Sie fiel ihm in den Arm, sie war leichenblaß. „Was hast du tun wollen. Du hast mich allein lassen wollen? Das könntest du?"

Und sie schluchzte bitterlich.

„Deine Weste ist aufgeschnitten, das Hemd auch. Hilf Himmel, du blutest!"

„Ein Hautriß," murmelte er. „Es wird anders kommen."

„Sei lieb," flüsterte sie, und sie zog ihn zu sich auf das Ruhebett, als verlangte sie eine Umarmung.

„Alles Gute hab' ich immer nur von dir gehabt, jede schöne Sonne. Weißt du nicht, wovon ich in San Gimignano geträumt habe, als Kind, auf meinen Epheumauern? Von dir, Lieber."

Den Kopf träumerisch im Nacken, mit einem unsichern Lächeln der Wollust, führte sie den Dolch, dem zaudernd seine Hand folgte, zu sich hin, ihrem Leibe zu, in den er eindringen sollte; und ihre heldenhafteste Gebärde war von der begehrlichen Anmut ihrer unkeuschesten.

Da stieß er, die Lider eingedrückt, drauf los — gepackt von Entsetzen, ohne daß er's gewollt, und ehe sie's erwartet hatte. Sie schrie auf.

Wie er die Augen öffnete, fand er sich nicht mehr zurecht. Wo war sie? Er suchte ihren Kopf. Der hing über den Rand. Er hob ihn auf das Kissen. Aber ein Stückchen weißes Fleisch rollte ihm gegen den Magen. Was war das? Das Glied eines Fingers. Er hatte ihr einen Finger abgeschnitten. Er sprang auf, gräßlich erschrocken. Das Eisen klapperte zu Boden.

„Was hab' ich getan. Das tat ich? Ich? Da liegt diese Frau — sie hat Blut auf den Lippen, was seh' ich auf einmal alles. Sie ist verzerrt, sie wälzt sich. Warum? Mein Gott, ihre Brust klafft! ... Gemma!"

Er beugte sich über sie, aufheulend. Sie sah ihm in die Augen, mit getrübtem Blick, der fragte.

Er begriff plötzlich. Sie verlangte, er solle nun auch in seine Brust stoßen!

Er stand und schwankte, kalt überlaufen. Eine Kluft war jäh aufgerissen zwischen ihr und ihm, die ganze Tiefe zwischen dem Lebenden, dem alles freistand, und einer, der der Tod keine Wahl mehr ließ, gähnte ihn an. „Was geht das Geschick dieser Sterbenden mich an!" Und er erinnerte sich dumpf, daß er einige Augenblicke früher ihr zugerufen hatte: „Was geht mein Schicksal dich an!" Und er hatte sie retten wollen, und auf sich selbst gezielt. Da lag nun sie ...

Er bückte sich nach dem Dolch. Die Augen in ihrem zuckenden Gesicht folgten ihm.

Nein! Wenn er's auch tat — er starb doch nicht mit ihr. Es war ein zu ungleiches Sterben. Ihr Tod war etwas Einfaches, Leichtes. Sie starb als Kind. Was wußte sie. Woran hatte sie je gezweifelt. Welche Enttäuschungen hatten sie an das Leben schmerzlich festgebunden? Sie war auf der Erde erschienen zum Dienst einer einzigen Leidenschaft. All ihr voriges Leben, ihre kurzen Jahre, hatten wie eine kurze, gerade Allee, an deren Ende eine Herme steht, auf ihn zugeführt, auf ihn und auf jene Mondnacht, als sie ihm in die Arme stürzte. Zwischen jener Mondnacht und dieser, in der sie starb, lag alles was ihr Sinn gab, alles was sie fühlen konnte — lag sie ganz. Wenn sie nun starb, mit ihm starb, hinterließ sie nichts, hatte sie nichts zu bereuen.

Aber er — o, er! Er war in dieser Minute aus einem wilden, zugewachsenen Garten herausgebrochen und sah wieder die weite Welt daliegen. Was gab es zu genießen an Lüsten, Leiden, winkenden Zielen! Welche namenlosen Reize schillerten ringsumher auf Frauen, Spielen, Worten! Er fühlte sich voll von neuen Seltenheiten. Die Schöpfungen, die wie Urwälder in seinem Geiste aufgeschossen waren, als Gemma, eine nackte kleine Muse, ihn umspielte, jetzt sollte seine Kunst durch ihre Dickichte brechen! Sie hatte ihre Sendung vollendet, die prachtvolle Liebende, die dort verging. Und was er nun aus ihr machen wollte! Und aus ihrem Tode! Wozu starb sie denn, wenn er nichts mehr aus ihr machen sollte.

Aber ihr Blick, weiß verdreht, war mit dem schmalen Halbkreis der Pupillen immer auf ihm.

„Was denke ich, was tue ich. Ich verliere den Verstand. Kann ich denn untätig zusehen, wie sie sich quält!"

Er wandte sich weg, drückte, sinnlos vor Angst, auf die Klingel. Er eilte zur Tür. Die Sterbende rang nach Atem, sie schrie gellend:

„Mörder! Du Mörder!"

Er fuhr herum, und weiß wie sie, und die Augen weit wie ihre, begegnete er nochmals ihrem vollen Blick.

Draußen gingen Schritte. Der alte Niccolo trat auf die Schwelle, brach in Geschrei aus und lief davon. Die Tür war offen geblieben, im Hause entstand Lärm.

Mario Malvolto starrte noch immer in die Augen seiner Geliebten, die tiefer erloschen.

„Mörder," sagten seine fahlen Lippen. „Du hast recht. Ich hab' dich beschlichen, hab' mich in dein Leben eingeschlichen, in das Leben der Starken, habe ganz leben, ohne Vorbehalt lieben und endlich Mensch sein wollen. Auch sterben wollt' ich, wie Starke sterben: auf einmal. Verzeih mir, das war ein Irrtum. Ich hab' dich nicht betrogen. Ich glaubte. Erst da es Ernst werden soll, merke ich, es war Komödie. Auch das war Komödie, wie alles übrige. Verzeih mir, geliebtes kleines Mädchen. Es ist nicht einfache Feigheit — es ist nur, weil man sich zum Schluß einer Komödie doch nicht wirklich umbringt."

Da hob er die Waffe vom Boden.

„Und ich tu's doch! Sieh nur, ich tu's!"

Er riß sich das Hemd auf, zeigte ihr die Dolchspitze auf seiner Brust.

„Siehst du's? Und erkennst du's an? Ich tu's, weil du zusiehst, nur für dich!"

Aber er bemerkte, daß ihre Augen glasig waren.

„Du bist tot? Was ist das! Wir sollten zusammen sterben, und du verläßt mich? In dem Augenblick, wo ich bereit bin, wo ich dir alles, alles opfere, nicht ein einzelnes Leben wie du

mir, sondern die hundert unerschaffenen, die in mir sind —
in dem Augenblick verschwindest du? Bist fort für immer?"

Er stammelte wirr.

„Ja dann — was tue ich? Was bleibt mir zu tun? Ich weiß
nichts mehr."

Er hob die Arme, ließ sie fallen. Seine Blicke, irr umher-
flatternd, trafen ins Gesicht des Pippo Spano.

„Du! Was tätest nun du! Erlebtest du einmal solche Niederlage? Du bist der Starke, der mich verführt hat. Du warst
mein Gewissen. Du bist schuld! Was soll ich tun!"

Pippo Spano lächelte. Sein mondgrelles Lächeln, sein Lächeln aus einem Übermaß grausamer Selbstsicherheit, stürzte
in Frauen und fesselte. Es bannte Mario Malvolto. Er befragte
es mit all seiner Seele, die Hände faltend, wankend und nach
Atem ringend, unter fliegender Hitze und kalten Schweißaus-
brüchen, zerstört und von Jammer hingerafft — ein stecken
gebliebener Komödiant.

Fulvia

Es war spät. Raminga ordnete mit ihrer fetten und rußigen Hand zwei sparsame Scheite in den Kamin. Gioconda beendete ihre bescheidene Klatschgeschichte zu Füßen der Marchesa Grimi, die gähnte. Die Marchesa Quattrocchi blinzelte in die Flamme. Niemand sprach mehr; über die Dächer, aus der Nacht kam die aufgeregte Stimme eines Glöckchens. Die alte Fulvia sagte plötzlich:

„Ihr Jungen, ihr redet immer, als käme alles im Leben auf Liebesgeschichten an. Ich könnte euch Frauen zeigen, die sie manchmal verachtet haben, weil ihr Herz nach Wichtigerem schlug."

„O," machte die Marchesa Grimi. Sie lebte von ihrem Mann getrennt, und sie lebte nur der Anstrengung, mit der sie Tröstungen entsagte.

Die Marchesa Quattrocchi war ganz bedeckt mit Abenteuern. Sie meinte erstaunt:

„Wichtigere Dinge?"

Raminga und Gioconda sagten mit saurer Heiterkeit:

„Die Mama hat leicht reden, da sie ja den Papa gehabt hat. Da möchten auch uns die Liebesgeschichten gleich sein."

„Einer der Befreier des Landes," erklärte die Marchesa Grimi. „Das waren noch Ritter, mit denen ließ sich leben."

Sie seufzte. Die Marchesa Quattrocchi rief:

„Liebe und Freiheit!"

„Die Freiheit ging uns vor," sagte Fulvia. „Säßen wir sonst hier?"

Und sie lauschte. Von Rom war nichts vernehmlich als das einzige Glöckchen.

„Hätten wir sonst Ferrara, unsere Stadt, hätten wir unsere Familie verlassen, mein Mann und ich? Wären wir gegen die Deutschen gezogen? Hätten wir unser Vermögen dem Lande gegeben? Hätte Claudio seine Gesundheit und einen Arm darangegeben, und ich mein Behagen? O, viele haben die Opfer, die sie der Freiheit brachten, als Einsatz benützt, und haben großen Gewinn gemacht. Wir nicht. Claudio wollte Gemeiner bleiben, er, ein Advokat. Alle Grade hat er sich auf

Schlachtfeldern geholt, und unser Oberst Calvi, der Arme, den die Deutschen zu Mantua gehängt haben, er war es, der meinen Mann zum Kapitän machte, auf dem Markusplatz in Venedig.

Wie viel Not, wie viele Ermüdungen, wie viel Blut von 48 bis 70! Wir wurden von der Regierung als Beamte in Alpendörfer geschickt, und kamen im Eise um. Wir mußten Ordnung und Sicherheit herstellen in Cesena und Forli, Städten, die unter der langen Priesterherrschaft verwildert waren. Wenn Claudio abends ausging, zitterte ich in meinem Bett; denn man fand jeden Morgen Leichen vor den Schwellen ihrer Häuser. Dann waren wir Unterpräfekten in Comacchio, wo es in den Sümpfen nichts gab als Aale und Aalfischer; dann in Pesaro, wo die Damen der guten Gesellschaft zur Hälfte frühere Dienstmädchen, zur anderen Hälfte alte Balletteusen waren, und alle gingen in Holzschuhen ... Endlich, das ist wahr, kamen wir als Präfekten nach Parma. Wir wohnten in dem Palast der Marie Luise, wir gaben Feste, in jedem Theater gehörte uns eine Loge. Es fror uns sehr in den weiten Sälen mit ihrem vergoldeten Stuck. Aber ich, Fulvia Galanti, habe mit dem König Viktor Emanuel getanzt."

Die vier Frauen sahen stumm zu ihr hinüber, sie erkannten einen Abglanz ihrer alten Größe auf Fulvia. Sie saß am andern Ende des staubigen Salons, weit fort von dem Feuer, das sie verachtete, und an dessen Reste sie erst spät in der Nacht, wenn alle schliefen, heimlich ihre gekrümmten Hände hielt. Ganz allein saß sie vor dem langen Tisch, mager, steif wie ein Idol, mit goldenen Ketten bedeckt, und weiße, gebrannte Locken über dem langen, weißen Gesicht.

„Aber als sie Claudio pensionierten, was blieb uns? Er wollte in Rom sterben, und in Rom ist er gestorben. Auch ich werde hier sterben; das ist alles, was uns beiden die Freiheit des Landes eingetragen hat. Und es ist genug."

„Du hattest auch die Liebe," sagte hartnäckig Raminga, und ließ sich von ihrem Hündchen das Gesicht lecken.

„Wenn ich Lino hätte heiraten können!" äußerte Gioconda. „Aber wir sind zu arm, wir sind der Freiheit des Landes geopfert; und sie hat es uns nicht vergolten, wie dir, Mama. Du hattest, was du wolltest."

„Meint ihr, Töchterchen? ... Ihr habt recht, ich war glücklich mit eurem Vater. Das hindert nicht, daß Oreste schön war."

Ihre Augen wurden ganz klein, ihre Falten verschoben sich; man wußte nicht, ob sie lachte. Es war dahinten in unsicherm Licht die weiße, beunruhigende Grimasse eines Idols.

„Wer war Oreste?" fragte die Marchesa Grimi.

„Oreste Gatti, der Neffe des Kardinal-Legaten. Er hatte blaue Augen, er war mein Jugendfreund. Wir spielten im Garten des erzbischöflichen Palastes, auch war ich oft bei den Conversazioni der Damen und Herren. Es gab Zuckerwasser oder Wasser ohne Zucker, aber gekühlt gemäß der Jahreszeit. Die Säle hatten ein Echo. Eine alte Contessa, deren Namen ich nicht mehr weiß, ließ eine silberne Kugel, in der heißes Wasser war, immerfort von einer Hand in die andere fallen.

Als ich sechzehn Jahre alt war, kam er von Rom, von der Universität, und begann mir den Hof zu machen. Auf der Promenade ging er zwanzigmal ganz langsam an mir vorbei und grüßte sogar meine Magd hinter mir. Am Abend stellte er sich mit seinen Freunden unter meinen Balkon und spielte und sang. Er hatte eine Stimme, ich höre sie noch.

Eines Abends aber, als ich vom Spaziergang heimkehrte, war die Stadt ganz voll und laut. Man hatte eben das Ghetto geschlossen, sein Tor lag gleich beim großen Platz. Ich sah einen jungen Mann am Turm neben dem Tor hinaufklettern und oben eine Axt schwingen. Dann bestiegen viele andere die Mauer und das Tor, schlugen auf die Steine und Bretter und rissen daran. Die Juden sollten herauskommen. Ich erfuhr, dies geschehe im Namen der Freiheit. In mir stand damals ein großes Gefühl auf, das mich nie mehr verlassen hat. Mir scheint, es steht noch heute in meiner Brust, und es hat die Gestalt des Jünglings, der als erster auf dem Turm des Ghetto die Axt schwang. Das war, Töchter, euer Vater.

Er war nicht schön, er war eher schwächlich, und ich sehe es als Wunder an, daß ich ihn durchgebracht habe, bis ins sechsundsiebzigste Jahr ... Ich erblickte ihn am Tage nachher auf der Promenade und nickte ihm zu, obwohl unsere Eltern sich nicht kannten. Ich nötigte meinen Papa, zu dem seinigen zu gehen. Auch Claudio machte mir den Hof, aber meistens redete er von der Freiheit, ja, von der Freiheit des Landes, und von Rom. Er war ein großer Sprecher, und seine Arme arbeiteten so dabei, daß ich alles begriff und mitfühlte. Er wachte spät über Büchern, die, wenn man sie bei ihm entdeckt hätte, ihn ins Gefängnis gebracht hätten. Er trank viel heißen Kaffee dazu, hinterher eiskaltes Wasser, darum sind ihm auch später alle Zähne, noch heil und gesund, aus dem Munde gefallen.

Oreste seinerseits erklärte mir, er wolle mich heiraten. Als er wieder einmal meiner Magd ein Briefchen zugesteckt hatte, antwortete ich ihm, ich werde nur einen Freund der Freiheit heiraten, und einen, der die Priester verjagen werde. Oreste sagte, dieser Brief sei sehr gefährlich, und zerriß ihn vor meinen Augen. Ich beschwor ihn, die Freiheit zu lieben. Er sagte, er sei mit dem Claudio Galanti schon in Rom zusammengestoßen. Jener sei unter den liberalen Studenten der dreisteste gewesen; er, Oreste, könne ihn sich jeden Augenblick vom Halse schaffen.

„Du bist feige!" rief ich.

Er zog die Brauen zusammen.

„Ich fürchte ihn nicht, er soll bleiben was er ist. Aber auch ich bleibe das."

„Glaube, mein Oreste, an diese große Sache, die Freiheit! Fühle mit uns, mit deinem Lande, mit diesem edlen, alten Lande, das im Joch von Fremden und Priestern vor Scham zittert!"

„Ich bin Graf Oreste Gatti, der Neffe des Legaten. Ich gehöre zu den Herren. Was täte ich bei den Empörten? Eure Freiheit lebt nur im Geschwätz ehrsüchtiger Plebejer."

„O du, du hättest nicht das Tor des Ghetto einzuschlagen gewagt!"

„Hätte ich's nicht? Wir wollen sehen, was ich wage!"

Er haschte nach mir, wir jagten uns, wir scherzten. Ich weiß noch, es war seltsam, wie mir schwindelte, als er mich fing, zwischen den zwei Kameliensträuchern voll roter Blumen, wo aus dem Sockel des großen steinernen Bildes ein Quell rann. Er atmete ganz ruhig unter seinen kurzen, blonden Locken; und am Hals sah aus seinem Samtmantel ein Stück seines Spitzenkragens. Ich begriff wohl, er war Graf Oreste, der Neffe des Legaten.

Wir gingen langsam zwischen den geschnittenen Bäumen zurück bis unter die Fenster des Palastes. Dort stand ein Brunnen, ein großes, mechanisches Werk, wo Kraft des Wassers viele künstliche Figuren sich bewegten, arbeiteten oder Scherz trieben. Ein Mann auf einem Esel ritt um den Brunnenrand. Ganz oben warfen mehrere sich eine schwere Kugel zu. Oreste sprang plötzlich auf den Esel und steckte den Kopf zwischen die Hände derer, die Ball spielten. Ich schrie auf; er zog lachend den Kopf zurück. Einen Augenblick später, und die schwere Kugel hätte ihn zerschlagen.

Am Portal kam uns ein Diener entgegen mit dem Befehl des Kardinals, Oreste habe bis morgen abend in seinem Zimmer zu bleiben. Der Kardinal hatte gesehen, wie sein Neffe den Kopf zwischen die Kugelwerfer hielt; und er war erzürnt.

Ich stand in jener Nacht an meinem Fenster, sehr betrübt, weil Oreste nicht kommen durfte und singen; und immerfort sah ich hinüber zu ihm. Die Rückseite meines Hauses ging auf Gärten, und dahinter war der Palast und sein Zimmer. Der Mond ging auf, wir erkannten uns. Er trat auf seinen Balkon, wir grüßten uns aus der Ferne. Wir ließen vorsichtig unsere Tücher flattern, es war im Mondschein nur wie ein wenig Silber, das rieselte. Ich hörte den Schritt der Wache auf dem Hofe unter ihm.

Auf einmal schwang er sich über das geschmiedete Gitter des Balkons, hängte sich mit den Händen an zwei gebogene Stäbe und schaukelte. Der Posten ging eben, abgewendet, am anderen Ende der langen Hofmauer. Oreste blickte hinter sich; die Mauer war drei Meter entfernt und fast so hoch wie das erste Stockwerk, wo er hing. Er schaukelte stärker; ich drückte mein Tuch ganz in den Mund hinein. Da ließ er sich los, er flog über die Mauer weg. Ich fiel hin. Als ich aufstand, war er schon davon, über die weiche Erde des Gartens. Er fand eine Pforte, er verschwand im Schatten des Gäßchens, auf der Straße zu mir. Ich weiß nicht, wie ich die Treppe hinuntersteigen konnte, ohne entdeckt zu werden, und die Stange vor der Haustür wegschieben, ohne daß sie klirrte. Denn ich zitterte und fühlte das Herz im Halse. Wir drängten uns in den Winkel bei der Tür, nur einige Minuten und ohne zu sprechen.

Sehr bald darauf heiratete ich Claudio. Zwei Jahre nach dem Sturm auf das Ghetto, am 12. Mai 1848, brachen wir auf gegen die Deutschen. Ich ging mit meinem Mann, er stand im Freikorps. Der Papst selbst war mit uns, weil sein Bruder, ein Verschwörer, gefangen saß. Der Papst selbst hatte unsere Fahnen gesegnet. Die Deutschen schlugen uns überall, in Vicenza, bei Cornuda, in Venedig. In Vicenza glaubten wir, sie würden in die Stadt dringen, wir könnten sie aus den Fenstern mit Pflastersteinen zermalmen und mit Öl verbrennen, die Armen. Sie aber beschossen uns von den Bergen. Was wollt ihr, wir waren unerfahren. In Venedig schlossen sie uns ein, wir lebten von Eselsfleisch, und das kostete ein Auge aus dem Kopf. Wir waren immer voll Freude und Zuversicht. Ich trug eine dreifarbige Schärpe, ihr seht sie in jenem Glaskasten; und mein Haus war voll Verwundeter, die ich pflegte. Meinem Mann durchschossen sie die Wange; der halbe Schnurrbart war fort. Die rechte Hälfte ist später immer ärmer an Haaren gewesen als die linke.

Aber als wir nach Ferrara zurückkehrten, hatte der Papst schon längst Angst bekommen vor den Deutschen. Sein Bruder war heraus aus dem Gefängnis. Der Papst war nun der Freund unserer Feinde. Nun waren wir Verräter; wir, die mit seinem Segen auf unseren Fahnen hinausgezogen waren.

Claudio wollte die Advokatur ausüben; sie verboten es ihm. Er kam manchmal nach Hause und sagte, er wundere sich, daß er nicht verhaftet werde. Die meisten seiner Freunde waren schon verhaftet auf Befehl der Triumvirn. Einer dieser drei Schergen des Papstes war Oreste Gatti.

Indes durchsuchten sie unser Haus. Wir wären verloren gewesen, hätten sie die Waffen gefunden. Aber sie lagen in einem Küchentisch, von dem die Füße abgeschraubt waren, und der in die Wand hineingeklappt war; es sah aus, als hinge nur ein Brett an der Wand. Sie fanden Papiere, die Claudio unterschreiben sollte. Er weigerte sich. Auch als Oreste Gatti ihn rufen ließ, weigerte er sich.

Mir war sehr unheimlich zumute, ich beschloß mit dem Legaten zu sprechen. Er hatte mir doch oft über die Wange gestrichen, als ich klein war. Wie ich eintrat, sahen sie mich bedenklich an. Ich trug alte Kleider, Claudio verdiente ja nichts. Ich hatte durch das Ghetto gehen müssen, ein öliger Schmutz war an meinen Schuhen. Man holte mich aus dem Vorzimmer von den anderen Bittstellern weg und führte mich in ein Kabinett, wo ich allein war. Da ging die Tür auf und Oreste kam.

„Wie bist du braun geworden," sagte er. „Du bist noch viel schöner."

Er wollte wie früher nach mir greifen, er streifte mit der Hand meine Schulter.

„Dort hat die Trikolore gelegen," sagte ich, und trat von ihm fort. Er faltete die Brauen.

„Du wirst bald frei sein, dein Mann lebt nicht mehr lange."

„Ich weiß," erwiderte ich, „daß der und jener unterschrieben haben und gehängt sind. Aber Claudio unterschreibt nicht."

„Jene wären auch ohne Unterschrift gehängt worden."

„Du hättest meinen Mann gleich damals verraten sollen, wie er als Student für die Freiheit sprach. Du hättest deine Feigheit nicht so lange aufsparen sollen."

Er blieb ruhig.

„Ich weiß, daß du mein sein wirst," sagte er. „Ich verlange nichts, du gibst alles von selbst."

Er besann sich.

„Dein Mann muß flüchten; es steht nicht in meiner Macht, ihn zu schonen. Er soll heute abend um sieben als Bauer durch das Tor fahren."

Ich ging nach Hause. Claudio kam; seine Freunde hatten ihm geraten zu fliehen. Ich ließ ihn die Kleider des Mannes anziehen, der uns Gemüse brachte, und er entkam.

Ich blieb zurück; Claudio wollte mich nicht mitnehmen auf seine ungewisse Fahrt. Übrigens wußte ich, man hätte mich nicht fortgelassen. Ich war ganz allein in unserem Hause, ich hatte nichts mehr für mich selbst zu essen, viel weniger für eine Magd. Und aus welchem Fenster ich den Kopf steckte, immer sah ich in das Gesicht eines Spions. Sie ließen niemand hinein zu mir.

Eines Abends aber hörte ich das Haustor gehen. Ich lugte aus meinem Zimmer. Drunten im Flur war alles finster. Aber in der Finsternis näherten sich feste Schritte. Ich schloß nicht meine Tür, ich fand alles nutzlos. Eine jähe, fiebernde Angst sprang in meinen Adern — nicht vor dem, der jetzt die Treppe heraufkam, nicht vor ihm. Es war heiß, mein Hals war entblößt. Und ich hatte Angst vor meiner eigenen Brust und vor den Schlägen darin. Ich suchte nach Hilfe; da nahm ich meine dreifarbige Schärpe und legte sie über meine nackte Brust. So stand ich und wartete.

Er trat ein, und er verzog den Mund.

„Da stehst du und weißt genau, daß du mein bist —, und mit einem gefärbten Tuch willst du trotzen, mir und dir. Wie töricht bist du!"

Aber ich fühlte jetzt Mut. Eine Öllampe mit drei brennenden Schnäbeln flackerte auf dem Tisch hinter mir; er sah von meinem Gesicht nur den Umriß. Ich aber konnte erkennen, wie bleich er war. Große Schatten tanzten um uns her an den Wänden. Er sagte:

„Aber so war es immer. Du hast dir die Freiheit immer nur wie ein Tuch umgebunden, weil du mir deine Schönheit versagen wolltest. Und du liebst mich, von jeher liebtest du mich! Ist es wahr, daß du geweint hast, als ich vom Balkon über die Mauer gesprungen war?"

„Es ist wahr," sagte ich. „Und ich hätte dich geliebt. Aber ich durfte nicht, denn es gab etwas Größeres, das ich erblickt hatte und nicht vergessen durfte: Jenen, der auf dem Turm vor dem Ghetto stand und seine Axt ins Tor schlug."

„Wie viel Gewissen!" rief er. „Jetzt sind wir allein in diesem Hause, in das keiner den Fuß setzt. Jener andere ist fern, verschwunden, wer weiß wo. Was lebt jetzt noch von der

Welt umher? Auch die Freiheit ist tot, jenes Phantom. Wir sind allein: jetzt wirst du den Mut haben zu unserer Liebe. Und hast du ihn nicht, dann hab' ich ihn für dich mit!"

Er warf die Arme um meinen Hals, ich fühlte sie zittern. Ich stieß ihn zurück, lief aus der Tür, die Treppe hinab. Er war immer hinter mir. Drunten in einem der dunklen Zimmer ergriff er mich von neuem; wir stürzten hin, rafften uns auf, stolperten weiter. Zuweilen trennten uns Möbel, die wir nicht sahen und die er umstieß. Dann flüsterte er wieder dicht an meinem Gesicht: „Du liebst mich!" Und ich würgte an einem „Nein".

Endlich gelangten wir, wir wußten nicht wie, in den Garten. Es war kein Mond da. Wir taumelten stumm und atemlos hintereinander her, durch schwarze Büsche. In einer Laube, in tiefer Nacht fing er mich und warf mich auf die Bank. Seine Hand lag auf meiner nackten Brust; das dreifarbige Tuch war mir längst entfallen, irgendwo im dunklen Hause. Wir fühlten, daß wir einander in die Augen sahen: und dabei unterschied keiner des anderen Gesicht. Auch spürte ich sein Herz klopfen und er meines. Ein Blatt raschelte über unseren Köpfen. Einmal meinte ich, hinter der Gartenmauer schliche ein Schritt. Wir waren bewacht. Haus und Garten und Stadt lagen schwarz und gebannt. Es gab in der Welt nur noch unsere klopfenden Herzen. Ich hatte wieder Angst, solche Angst wie noch nie. Ein Glöckchen fing an zu hämmern, ein gewisses Glöckchen mit einer aufgeregten Stimme. Mir war doch, ich hörte es wieder?"

Die alte Fulvia lauschte. Aber über den Dächern Roms war die Nacht ganz verstummt.

„Wie man sich erinnert," murmelte sie. „Wie wenig bedarf es."

„Ich sagte dort in der Laube mit trauriger Stimme:

„Höre, Oreste, es ist seltsam, mir schwindelt, wie zwischen jenen Kameliensträuchern im Garten des Kardinals, wo du mich gefangen hast. Auch damals hatten wir einander gejagt. Aber wir waren damals besser."

„Es ist deine Schuld," erwiderte er, und ich, ohne ihm zuzuhören:

„Wir waren ganz jung, und alle Bäume im Garten hingen voll von unseren Träumen. Weißt du noch, wie wir bei den Conversazioni zwischen den alten Leuten saßen, und sprachen eine Sprache ganz für uns?"

„Und auf der Promenade," setzte er hinzu, „wenn wir einander begegnet waren und uns in die Augen geblickt hatten; dann zählte ich meine Schritte: fünf, zehn, zwanzig. Nun kehrtest du um, und ich durfte dir wieder entgegengehen, und meine Füße wurden so leicht, als ob der Weg zu dir durch die Luft führte."

Wir schwiegen. Dann sagte er hart:

„Und nun bin ich endlich ganz bei dir. Nun kann ich dich haben. Du wolltest es doch so? Und unser Geschick hat uns doch hierher geführt?"

Plötzlich ließ er mich los, trat von mir fort, in das Laub hinein, daß ich nicht einmal mehr seinen Schattenriß sah.

„Nein, nicht hierher," sagte er. Ich flüsterte:

„Ich wollte, in Vicenza hätten sie mich erschossen ... O, Oreste, du weißt nicht, wie gut es sich stirbt für diese große Sache, für die Freiheit!"

„Doch. Seit ich dich dort draußen wußte, weiß ich auch das. Und ich wollte, wir könnten zusammen durch eine Stadt wandern, auf die Kugeln fallen. Sag doch, Fulvia, hast du einmal daran gedacht, daß die gleiche Kugel auf uns beide hätte niederfallen können?"

„Wenn du mit mir gewesen wärest, ja, und mit der Freiheit ... Ich habe mit meinen Händen die Pflastersteine ausgegraben, die wir aus den Fenstern werfen wollten. Warum warst du nicht da, mir zu helfen?"

„Du hast auch Wunden gepflegt. Hätte ich eine tödliche bekommen und wäre an ihr gestorben! Nur deine Lippen hätten sie zum Schluß streifen sollen!"

„Es kommen andere Schlachten," sagte ich nach einem Schweigen leise.

„Ich gehe hin!" rief er, aufstampfend. „Auch ich gehöre diesem Lande und will es frei machen!"

„Wann gehst du?"

„Gleich. Heute nacht!"

Ich erschrak, ich schrie auf.

„Nein! Du wirst mich nicht verlassen. Auch Claudio ist verschwunden. Soll ich immer in diesem Hause bleiben, wo nichts atmet? Wo, scheint mir's, kein Tag mehr aufgehen wird? Oreste!"

Ich glitt von der Bank, ich sank vor ihm hin, tastete nach seinen Knien. All meine Besinnung war fort, eine kranke Närrin war ich.

„Nimm mich hin," sagte ich. „Nimm mich lieber hin! Aber geh nicht fort! Verlaß mich nicht!"

Er hob mich auf wie ein Bruder.

„Wir gehen zusammen, ich bringe dich nach Turin, in Sicherheit."

Am Himmel entstand ein grauer Schein. Wir unterschieden unsere Gestalten. Wir warteten stumm, bis wir auch unsere Augen sahen. Wie vieles Stürmische mußte in ihnen geschehen sein in dieser Nacht, ohne daß wir's gesehen hatten. Jetzt waren sie still wie Geister.

Oreste sprengte in der Stadt aus, daß er mich auf sein Lusthaus entführe, vor das Tor. Wir flohen, gelangten über die Grenze und nach Turin. Dort fanden wir Claudio. Er litt noch an seinen Wunden; eine Krankheit kam hinzu, ich mußte dableiben und ihn pflegen. Oreste allein zog hinaus. Er ist für die Freiheit gefallen, bei Varese."

Die Marchesa Grimi sagte nach einer Weile seufzend:

„Aber er ist doch für Sie gestorben, für Sie!"

„Ja, Mama," meinte Raminga, und ließ sich von ihrem Hündchen das Gesicht lecken. „Du hast alles Gute gehabt. Er starb für dich."

„Schweigt!" befahl Fulvia. „Er fiel für die Freiheit!"

Drei-Minuten-Roman

Als ich einundzwanzig war, ließ ich mir mein Erbteil aus-
zahlen, ging damit nach Paris und brachte es ohne besondere
Mühe in ganz kurzer Zeit an die Frau. Mein leitender Gedan-
ke bei dieser Handlungsweise war: ich wollte das Leben aus
der Perspektive eines eigenen Wagens, einer Opernloge, eines
ungeheuer teuren Bettes gesehen haben. Hiervon versprach
ich mir literarische Vorteile. Bald stellte sich aber ein Irrtum
heraus. Es nutzte mir nämlich nichts, daß ich alles besaß: ich
fuhr fort, es mir zu wünschen. Ich führte das sinnenstarke
Dasein wie in einem Traum, worin man weiß, man träume,
und nach Wirklichkeit schmachtet. Ich schritt an der Seite
einer chiken, ringsum begehrten, mir gnädigen Dame nur wie
neben den zerfließenden Schleiern meiner Sehnsucht ...

Wenige Tausende lagen noch in meiner Brieftasche, da
öffnete ich sie unvorsichtigerweise eines Nachts auf einem
öffentlichen Ball unter den Augen eines jungen Mädchens. Sie
lud mich ein und ich folgte ihr weitab in ein kelleriges Haus
mit schlüpfrigen Treppen und mit Wänden, von denen es
troff. Ich hatte soeben meinen Rock über einen Stuhl gehängt, da klappte der Bettvorleger, auf dem ich stand, mitsamt
einem Stück Diele nach unten, und ich rutschte in einen
Schacht hinein. Er war ziemlich weit. Ein Vorsprung ermög-
lichte es mir, drei oder vier Fuß unterhalb des soeben verlas-
senen Zimmers einen Aufenthalt zu nehmen und der Freude
einer weiblichen und einer männlichen Stimme über meine
Hinterlassenschaft beizuwohnen ... Auch das war eine Perspektive. Es war nicht jene oberweltliche, der zuliebe ich nach
Paris gekommen war. Es war eine aus traumfremder, aus
traumschlimmer Tiefe. Aber ihr eignete etwas Stillendes.

Damals blieb mir kaum noch Drang, wieder ans Licht zu
steigen. Übrigens ging die Klappe in die Höhe. Ich schloß die
Augen und ließ mich weiter hinuntergleiten. Wider Erwarten
brach ich nicht den Hals, sondern entkam durch einen Kanal.
Entkam bis nach Florenz — wo ich mir wünschte, den gepu-
derten Pierrot zu lieben, der in einer Pantomime des Teatro
Pagliano jeden Abend vor einem Haubenstock in die Knie

sank, weil er zu schüchtern war, es vor seiner Angebeteten zu tun; der sie bekam, betrog, arm machte; der spielte, stahl, und dem seine kindlich hingetändelten Verbrechen immer schmelzendere Kreise um seine unschuldigen Sünderaugen zogen. Zuletzt starb er, am Schluß eines etwas frostigen Apriltages, in all seiner rosigen Verderbtheit, zu den leichten Tränen einer schlanken, biegsamen Musik ... Ich wünschte mir, ihn zu lieben. Nur war er, wenn er die Bühne verließ, eine bedeutende Courtisane und kostete allein den Conte Soundso im Monat tausend Lire, was in Florenz sehr, sehr viel Geld ist. Ich ging also zu ihrem Coiffeur und gab ihm meinen letzten Kassenschein dafür, daß er mich anlernte und mit Schminken und Puder zu ihr in die Garderobe schickte. Meine Dienste befriedigten sie nicht immer; und die erste Berührung ihrer schönen, vollen und spitzen Hand erfuhr ich in meinem Gesicht. Eines Abends, als ich ihr eine neue Perrücke aufprobieren sollte, wagte ich mich mit allem heraus und ward von ihr entlassen. Ich wünschte mir weiter, sie zu lieben ...

Unsere Beziehungen entwickelten sich jäh. Der Conte Soundso, von dem sie tausend Lire bekam, zog sich plötzlich und unter Protest von ihr zurück. Er hatte bereits den größten Teil seiner Familie unglücklich gemacht: durch ihre Schuld, wie er vorgab. Auch andere erklärten sich für geschädigt in ihrem Besten, dank ihr. Nun ward sie selbst von allen entlassen, wie sie mich entlassen hatte; auch von ihrem Direktor. Bald mußte sie, gepfändet, dem Hospital entlaufen, verachtet und umhergejagt, sich begnügen mit dem, was auf der Straße zu finden ist. Und so oft sich noch einer von diesen durch sie ins Verderben ziehen ließ, erlitt sie selbst dabei die unsinnigsten Schmerzen ... Dies war der Zeitpunkt, wo sie mir erlaubte, ihr ein Lager aufzuschlagen in meiner Dachkammer am Ende der engen und volkreichen Via dell' Agnolo. Da lag sie nun in den Mondnächten, den Kopf an der dunkeln Wand, nur die Hände immer unterwegs zu geisterhaft grellen Schlichen und Windungen, wie kranke, launische Blumen, die nach Insekten schnappen. Ich saß am Tisch bei einer Talgkerze und schrieb. Es war eine hallende, glitzernde, stahlblaue Stille in der Weite; und der junge Pierrot war mondgepudert und sterbensmüd aus seinen Sündenfahrten hergetaumelt, grad' in mein Zimmer. Wie ich mir wünschte, ihn zu lieben! ... Sie schlug den Blick auf, schmelzend von sanftem Erstaunen über das Schicksal. Sie ließ sich widerwillig pflegen von mir, suchte dabei immer mit den Augen in mir. Sie verachtete mich, weil ich noch bei ihr aushielt. Sie begehrte mich, weil sie mich nicht begriff. Sie hatte manchmal Grauen, manchmal stürmisches Verlangen, manchmal Haß. Sie quälte mich, ganz glücklich, noch ein wenig böse sein zu dürfen, noch einen Schatten von Rache zu haben für das, was mit ihr geschah. Dann weinte sie an meiner Schulter. Und wieder suchten ihre Augen in mir: warum ich sie noch liebe. Eine Antwort bekam sie nicht. Hatte ich sie doch niemals geliebt; ich wünschte es mir nur ...

In einer dieser Nächte starb sie. Ich stieg darauf zur Straße hinab; und die leere Via dell' Agnolo entlang und die kleinen rinnsteinartigen Nebengassen entlang weinte ich in der Finsternis Tränen, auf die ich namenlos stolz war, und deren Versiegen ich nicht erleben wollte ... Sie dauerten nicht viel weniger als eine Stunde: die Stunde, die in meiner Erinnerung das beste, wahrste, schönste Stück meines Lebens umfaßt ... Aber ich ward schon matt; — und inmitten der Scham und des Zornes über mein Versagen fand ich ganz bequem dazu Muße, um mein Leben zu bangen, weil vor meinem Hause zwei verdächtige Gesellen standen. Ich ging auf sie los, aus Furcht davor, ihnen den Rücken zuzukehren. Der eine hatte eine zerquetschte Nase, Kalmückenaugen, einen viereckigen Oberkörper, kurze, krumme Beine. Der andere, in einem dünnen Jäckchen und mit etwas Schwarzem um den Hals, war schlank, dunkel, außerordentlich schön. Er setzte sich in Bewegung, kam mit der Hand in der inneren Brusttasche und den andern neben sich, mir entgegen. Er hatte den Gang der Toten! ... Ich tat gebannt und doch mit fliegenden Sinnen noch zwei Schritte. Aus seinem blassen, dicklippigen Gesicht — ihrem Gesicht — sah ich schon die Wimpern schwarz heraustechen. Das Heft des Messers erschien in seiner Faust am Rande des Jäckchens. Mein Tod stand beschlossen auf seinem Gesicht. Auf dem der Toten. Sie hatten nur eines, denn er war ihr Bruder. Er war mit einem Kumpanen in die Stadt gekommen, um sie von mir zu befreien; weil er der Meinung war, daß sie im Getändel mit mir ihr Geschäft versäume und darum den Eltern und ihm kein Geld mehr schicke.

Auf einmal — fast berührte ich mich schon mit ihrem Bruder — wichen die zwei mir im Bogen aus, gaben den Weg frei, verleugneten mich und verschwanden. Ich konnte, halb ohnmächtig, nicht mehr beurteilen, was vorging. Dann erst hörte ich den Trab eines Dritten, der aus dem Dunkel hervor, dazwischengetreten war. Es war ein schmächtiger Mensch mit einem Röckchen über dem Arm, und hatte es sehr eilig, weiterzukommen. Aus Dankbarkeit, aus Kopflosigkeit, aus Gemeinschaftsgefühl machte ich zwei lange Sätze hinter ihm her. Er rückte geängstet die linke Schulter, fing an zu laufen. Er lief davon vor mir; er hielt mich für etwas anderes als ich war. Auch ihr Bruder hatte mich verwechselt. Und ich habe das Gefühl, als sei der Verkehr von Menschen immer so ein ratloses und grausames Durcheinander von Irrtümern, wie diese nächtliche Szene an der Ecke der Via dell' Agnolo ...

In Mailand, meiner Heimatstadt, ließ ich mir etwas Geld geben für das, was ich geschrieben hatte in den fragwürdigen Nächten gegenüber einer Kranken, die ich nicht liebte. Eine hochstehende, begabte Dame warf sich aus diesem Anlaß auf mich. Sie sagte, sie suche, seit sie lebe; ihre Existenz sei tragisch; und den, der dies geschrieben habe, müsse sie lieben. Ich fand im stillen, das gehe nicht mich an, und war höflich. Ich schulde ihr Dank, behauptete sie; denn niemand auf der Welt werde mich je verstehen wie sie. Das gab ich nicht zu, sträubte mich und erkannte meine Schuld nicht an. Ihre Existenz sei tragisch, wiederholte sie, und ein Sturz vom Felsen von Leukos werde sie enden. Ich war entrüstet, geschmeichelt und befremdet. Wie kam ich zu solchen Dingen? Ich wollte nichts von ihnen wissen. Niemandem erteilte ich das Recht, meine Einsamkeit zu brechen. Die chiken, ringsum begehrten, mir gnädigen Damen meiner Jugend waren nur mit zerfließenden Schleiern an mir hingestreift. Pierrot war mondgepudert gestorben, wie ein Reflex. Und ein Körper wollte nun hinein zu mir? Wollte mich heilen? Mir Wirklichkeit verleihen? Mir mein Leiden fortlieben? Aber alles Interesse an mir selbst hing ab für mich von diesem Leiden! Jedes kranke Gesicht ist vornehmer als jedes gesunde. Ich war nicht geneigt, zu sinken. Ich versuchte ihr nahe zu bringen, daß sie sich widerspreche, wenn sie mich für meine Bücher lieben wolle: denn dies hebe meine Bücher auf. Es kam ihr nicht nahe; sie wollte ja glücklich sein, also glücklich machen. Was waren ihr Bücher. Ich fand sie schließlich nur noch dumm und mißhandelte sie dafür, entschlossen, aber mit dem Vorbehalt, mich dieses Stückes Seele zu schämen, wenn einst Zeit dazu wäre, und Kunst zu machen aus der Scham ...

Als ihre Krisis überstanden war und sie anfing, sich loszulösen, holte ich sie zurück und nötigte sie, meine Freundin zu sein. Es befriedigte mich, sie als einen Beweis meiner ungebrochenen Einsamkeit vor Augen zu haben ...

Diese Einsamkeit gleicht einer jähen Windstille vor der Ausfahrt. Eben klettern noch eine Menge Matrosen rastlos umher an Masten und Schiffswänden, heben Anker, binden Segel los, spannen sie aus. Im nächsten Augenblick fallen die Segel schlaff zusammen, das Schiff rührt sich nicht, die Leute rutschen herab, stehen und sehen sich an ... Auf diesen Seiten haben sich wohl ungewöhnliche Sachen ereignet? Meine Lebensstimmung aber ist kahl, als sei nie etwas eingetroffen. Sind hier etwa die Mitglieder eines hervorragenden Variétés, dem Publikum zu heftigerer Unterhaltung, sämtlich wahnsinnig geworden? Ich meinesteils sitze, scheint mir, die ganze Zeit vor einem Grau-in-Grau-Stück, wo lebenslänglich auf langweilige Art gestorben wird. Was ist Wirklichkeit.

Wirklich waren vielleicht die Tränen, die ich einst die leere Via dell' Agnolo entlang und die kleinen rinnsteinartigen Nebengassen entlang geweint habe, in einer Nacht, fast eine Stunde. Die Stunde war wirklich. Von einem Leben fast eine Stunde. Oder wenigstens die erste halbe Stunde war wirklich. Vielleicht ... Aber es ist nicht ganz sicher.

Ein Gang vors Tor

Lukas war schon auf der Schwelle, er stieß schon die geborstene Tür zurück; aber er blieb noch einmal stehen, die hohle Stimme des Alten, die längst von den Zeiten verschlungen schien, gewann noch einmal Macht über ihn.

„Geh hinaus und durchkämpfe die Welt! Wenn sie hinter dir auf den Knien liegt und du heimkehrst zu uns wie jeder zu uns heimkehrt, was hast du dann weiter getan als einen Gang vors Tor?"

Die drei Greisinnen bliesen wimmernd ihren kalten Atem in die kalte Luft des feuchten Saales. In den Mauern erweiterten sich täglich die Risse, die Eichentafeln faulten an den Wänden, und alle Scheiben erblindeten, hilflos und mit Schweigen.

Die erste der Greisinnen hatte einen berghoch angeschwollenen Bauch, die zweite einen ungeheuren Blähhals, die dritte einen Buckel. Womit nährten sie ihre fürchterlichen Auswüchse? Lukas meinte, mit seiner Jugend, die in ihren alten Fängen zerdrückt wie eine Taube den Kopf drehte und zitterte; mit seinem frischen Blut, das ihre verlebten, enttäuschten Lehren aus seiner Brust leckten.

Der Alte war blind. Womit füllte er sein verstopftes Gehirn? Mit Lukas' neuen strahlenden Bildern, mit den Bildern von Blumenwiesen, wo junge Frauen in schwarzen Haaren blonde Ritter mit Rosen krönten; von weißen Städten, die an violetten Meeren von ihrem Eroberer träumten. Der Alte nahm sie ihm alle und sagte, sie seien nichts wert. Er klagte aus der Tiefe:

„Geh doch und erlöse Gott aus der Gefangenschaft seiner Feinde! Zwinge Satan um Gnade zu flehn! Geh doch und erobere Reiche! Geh doch und mache das Weib zu deiner Kaiserin! Am Ziel erfährst du, nüchtern und ohne Stolz, daß alles größer und schöner war, als du noch träumtest. Das Beste ist geschehen, bevor du die Augen öffnetest; dein Traum hat es vorweggenommen. Er eilt dir voran und führt das Schwert, das du nicht tragen kannst. Du schleichst ihm nach, mit leeren Händen."

Eine Fledermaus strich durch den finstern Saal und an Lukas' Wange vorbei. Er hielt sie für des Alten Wort, das ihn anwehte. Er schüttelte sich und lief über den Hof, zum Tor hinaus. Er war schon halb den Hügel hinab, von der traurigen Burg sah er nur noch schiefe, zerrissene Dächer.

Drunten lag im grauen Abend ein weites Feld. Es flog darüber hin wie die Schatten von Dingen, die man nicht sah. In der Höhe bewegten sich schwer geballte Wolken. Eine Herde von winzigen Schafen drängte sich, ängstlich und verlassen, in einen Punkt der Riesenfläche dicht zusammen. Der Hirt saß tief in den Falten seines Mantels auf einem Stein und rührte sich nicht. Kein Hund schlug an, und doch erkannte Lukas genau, wie ein Mann, auf dessen Hut eine Feder stand, ein Lamm ergriff und damit fortrannte.

Sogleich fing auch Lukas zu laufen an. Er drückte sein Schwert gegen die Hüfte und machte große Sätze. „Mag jener die ganze Herde stehlen," dachte er, „nur dieses Lamm nicht!" Ob er ihn einholen würde, bevor der Mann im Walde verschwand? Er stolperte über den unbekannten Boden und schrie unaufhörlich: „Nur dieses nicht! Hörst du, nur dieses nicht!" Aber der andere erreichte schon die Bäume und Lukas war dreißig Schritte hinter ihm. Er wollte sein Schwert aus der Scheide ziehen: da sprengte ein schwarzer Gepanzerter aus dem Busch und hieb mit der Klinge dem Dieb über den Arm, so daß er das Lamm fallen ließ. Er entfloh kreischend, das Pferd mit dem Gepanzerten verschwand im Dickicht, Lukas stand allein und keuchend vor dem Lamm.

Er hob es auf und trug es langsam und zärtlich in den Wald hinein, zu einer Kapelle, die im Sternenschein auf einer Lichtung stand. Er setzte es vor das Muttergottesbild auf den Altar; und sogleich ward aus dem Kamm ein kleiner Knabe, der lächelnd mit der Linken die Hand der Jungfrau erfaßte. Die Rechte erhob er segnend gegen Lukas, der sich auf die Knie niederließ. „Was ist das?" dachte er mit gesenktem Haupt, „was habe ich getan? Wer tat es, ich oder der Gepanzerte?"

Er mochte den Knaben nicht mehr ansehen und schlich gebeugt hinaus. Aber draußen richtete die duftende Nacht ihn auf, er ging zwei Stunden, bis die Bäume seltener standen. Dort vernahm er ein gelles Geschrei und gewahrte den schwarzen Gepanzerten, der mit langem Schwert einen grauen Mönch um eine Fichte trieb. Der Mönch umklammerte den Stamm mit beiden Händen und schwenkte sich, die Streiche meidend, blitzschnell im Kreise. Er kreischte: „Gnade! Gnade! Herr, befreit mich von dem Mörder! Seht Ihr nicht, daß es der Teufel selbst ist?" Lukas stürzte wütend auf den Gepanzerten los, der einen frommen Mann bedrohte. Er rief: „Du warst es also doch, der mir den Dieb verjagte! Du hast mich gehindert, mit meinen Händen das Lamm zu retten!" Und er stieß ihm seine Waffe ins Gesicht.

Rasselnd sank jener auf den braunen Nadeln zusammen; der Mönch lachte wie eine Ziege. Lukas blickte hin: er war fort, ein scharfer Geruch war übrig geblieben.

Lukas murmelte voll Scham: „Stehe auf, ich bitte dich!" Der Gepanzerte stützte sich auf ein Knie, er hob seine Hakennase gegen den Mond; aus seiner linken Augenhöhle, die ausgeleert klaffte, floß das Blut breit über seine weiße Wange.

„Du bist müde," sagte Lukas, und führte ihm sein Pferd zu. Der andere erwiderte: „Es ist für dich. Du hast gesiegt, ich gehöre dir." Und er nötigte Lukas, auf seine eiserne Hand zu steigen, um den hohen Pferderücken zu erreichen.

Sie legten einen langen Weg zurück, und Lukas hörte nichts als das Klirren des Eisernen, der vor seinem Tiere herging, er sah nichts als ein dunkelrotes Band, so oft jener den Kopf wandte.

Da bekam die Straße einen Saum von blühenden Büschen, die der Nachtwind bewegte. Hoffnungen, noch verschlafene Vögel, begannen aus der Dunkelheit herzuflattern. Hinter halb geöffneten Gartentoren bat ein weißer, steinerner Busen: „Bleibe!" Doch drüben, wo im zweifelhaften Mondlicht der Pfad hinter dem Berge verschwand, eilte es fiebernd vorbei: ein Zug von Abenteuern, die zu bestehen waren, von Schönheit, die erlöst zu werden, von Größe, die erkämpft zu werden begehrte.

Im Morgentau, als der Tag seine ersten Rosen auf die grauen Wege warf, hielten sie hoch über Orangenhainen, aus deren Mitte die spitzen Türmchen eines Schlosses in den Himmel hineinstachen. Die Stadt stieg mit träumenden Häusern auf Felsterrassen zum Meer hinab. Es lag hinter einem Zaun von Zypressen in leerem Nebelblau. Weit hinten am Vorgebirge verwehte es wie ein Flug grauer Wandervögel; ein einzelnes Segel, das von der Küste fortflüchtete, ward von den andern eingeschlossen, und alle zusammen drängten sich um die Bergecke.

Lukas verstand nicht, wovon plötzlich seine Füße leichter wurden, wovon sein Atem höher ging. Es klirrte neben ihm; das einzige Auge des Gepanzerten war auf ihn gerichtet:

„Dianora, die Tochter des Grafen von Melfi, ist heute nacht vom Sultan der Berberei geraubt worden, und noch weiß niemand es. Der Ruf ihrer Schönheit hat ihm nicht eher Ruhe gelassen, als bis er sie auf seinem Schiffe hatte. Nun ist sie schon weit."

„Ich hole sie zurück!" rief Lukas und stieg den Pfad nach Melfi hinunter. Aber sein Genosse war ihm längst voraus.

Drunten standen alle Felsstufen voll bunten Volkes, das die ohnmächtigen Arme nach dem verödeten Meere ausstreckte und schallend jammerte: „Sie ist fort, wie sollen wir noch leben?" Alle Gesichter waren bleich vor Schmerz, in alle Türen war das Unglück getreten.

„Ich hole sie zurück!" rief Lukas, und sogleich verfolgten ihn jubelnde Scharen, die auf seine Tat warteten. Das Schloßtor ging auf, der Gepanzerte kam heraus und neben ihm der Graf von Melfi, der Lukas die Hand küßte: „Ihr holt sie zurück, Herr! So holt Ihr sie Euch selbst zurück, sie ist Euer!"

Ein kleines Schiff ward ihnen ins Wasser gezogen. Der Gepanzerte stellte sich an den Mastbaum, Lukas saß am Steuer. Keine Stimme vom Lande holte sie mehr ein, sie jagten schneller als Gedanken den Berbersegeln nach. Jene tauchten schon aus dem blauen Dunst, sie waren schon so groß wie Reiherflügel. Lukas sann: „Der Räuber ist noch nicht daheim, er hält seine Beute auf schwachem Boden, sie kann ihm entfallen."

Der Harnisch des Gepanzerten rasselte. Sie waren ganz nahe und schauten zu, wie alle Schiffe der Heiden zerschellten. Die Bretter fielen klatschend ins Wasser, die Masten sanken um.

Lukas beugte sich hinüber: Dianora schwamm unter seinen Händen, doch die zitterten. Der Gepanzerte war es, der das Weib ins Schiff hob. Aus Scham und um etwas auszurichten, schlug Lukas dem Sultan und den beiden Mohren, die ihm zunächst im Wasser trieben, die Köpfe ab. Er steckte einen ans Steuer, den andern auf den Schnabel, und den des Sultans oben auf den Mast. Darunter lag auf Kissen Dianora; Lukas sah sie an und empfand plötzlich eine Pein und war versucht in Tränen auszubrechen: so schön war sie.

Ihr Gesicht glänzte mattweiß und still, wie ein vom Schatten zugedecktes Kleinod. So oft sie es wandte, spiegelte ein rosiger oder ein blaßblauer Schein darüber hin. Aus den Augen tauchte ein violettes Licht. Es waren zwei Amethyste in einem Opal, und um das kühle Rund des Steins legte sich, schwer von Trauer und Gedanken, der Ebenholzkranz ihres Haars.

Zur Heimfahrt wollte kein Wind wehen. Sie landeten an einer steilen Insel, wo alte Greifen ein graues, vergittertes Schloß bewachten. Dianora lehnte sich an eine Stufe der zersprungenen Treppe, ganz unten, und ihr weißes Kleid flatterte über dem blauen Abgrund. Aber der Gepanzerte stand bei ihr, die eiserne Hand neben ihrer schwachen Schulter.

Lukas sprach zu ihr aus banger Entfernung:

„Ich habe dich aus dem Meer und aus den Händen der Heiden gezogen: willst du nicht mein sein?“

Sie antwortete:

„Das Meer hat mich genommen, und der Sultan nahm mich: Ich danke dir nicht.“

Er sah entsetzt zu dem blutigen Kopf hinauf, auf dem ein goldener Turban schwankte. Auch Dianora blickte hin.

„Hast du ihn geliebt?“ murmelte er.

„Nein. Er war nicht mächtig genug, da ja seine Schiffe zerbrachen.“

„Und ich, der ich ihn überwunden habe? Bin ich mächtig genug?"

„Du fragst? Dann bist du nicht mächtig genug."

Der Gepanzerte mußte sie wieder ins Schiff tragen. Lukas trachtete schweigend: „Ich will mächtiger werden," und inzwischen ließen sie die Meere hinter sich. Sie stiegen an einer Küste aus, wo weiße Straßen zwischen steinigen Äckern in ein Land voller Ungewißheiten führten.

Vier Knechte trugen Dianoras Sänfte, voran schritt der Gepanzerte und Lukas hinterher. Zwei des Wegs ziehende schlossen sich an, ein Gebräunter im roten Mantel und ein blasser, dünnbärtiger Gauch mit schwarzem Schnürkittel. „Ich habe schon einen Mühlstein um den Hals gehabt," sagte er. Der andere sagte: „Ich lag im Block, mit Feuer an den Füßen."

Sie gingen weiter und es wurden ihrer immer mehr, die mitgingen: Männer mit noch blutrünstigen Wunden und andere mit Pestgeschwüren hoch am entblößten, fleischlosen Schenkel. Sie brachten Gebreste, Lüste und Todesverachtung aus glühenden Ländern mit. Ihre Augen funkelten, ihre Sinne wurden von Gier verbrannt.

Unterwegs plünderten sie die Dörfer, verkündeten die Herrschaft des neuen Gebieters und nahmen sich das Vieh und die Weiber. Einmal blieben alle stehen. Fern, in der Höhe, thronte auf weißen Felsen die Stadt: des Reiches leuchtende Hauptstadt, die Hauptstadt des Kaiserreiches Trapezunt. Es hingen goldene Paniere von den Mauern und Rosengewinde zogen darauf hin.

Die Abenteurer stöhnten und fluchten.

Sie traten in eine Schlucht von schwarzen Felsen, so eng und hoch, daß sie darüber am Mittag die Sterne erblickten. Auf den Bergkämmen standen die Verteidiger, sie rissen Blöcke los und warfen sie hinab. Aber der Fels zog sie an: sie hafteten, keiner fiel, und die Krieger stürzten in Verzweiflung und Grauen sich selbst in die Tiefe.

Als sie das schmale Tal verließen, sahen sie wieder die Stadt, doch waren Fahnen und Kränze fort. Es rannte wirr auf den Mauern umher, ein Zittern von tausend angstvollen

Atemzügen stieg zum Himmel. Die Abenteurer nickten sich zu und kicherten.

Nun kam ein Wald, davor hatte das Heer des Reiches sich aufgestellt. Es sah dem Gepanzerten in das einzige Auge und senkte die Waffen, um still mitzugehen auf dem Schicksalsgange des Siegers.

Zum dritten Male lag vor ihnen die Stadt. Sie war verstummt, schwarze Tücher schlotterten von allen Dächern. Das Entsetzen breitete die hagern Arme nach dem Überwinder aus, bereit in sein Schwert zu fallen. Die Abenteurer keuchten vor Lust.

Sie rannten die Mauern ein, Lukas öffnete die Sänfte und rief: „Das ist eure Herrin!"

Ein paar Stimmen antworteten: „Wir haben einen Kaiser. Er ist ein Kind und hat keine Eltern, und wir lieben ihn."

Lukas winkte, und die Abenteurer begannen ein Gemetzel. Als sie aufhörten, hatte die neue Herrin manchen Männern Achtung und Liebe eingeflößt. Aber aus den Häusern der winkligen Gassen schütteten die Weiber, mit Todesrufen auf die Mörder, siedendes Öl herab. Man nahm ihnen die Kinder weg, auch der junge Kaiser ward seinen Beschützern entrissen, und alle starben, wie Lukas es befahl.

Da ward Dianora, der schon so viel geopfert war, dem Volk zu einer Heiligen. Sie zerfleischten sich an ihrem Wege und küßten den Kot von ihrer Sänfte.

Lukas erbaute ihr auf dem Säulenplatz vor dem Palast einen schmalen Thron aus wachsgelbem Marmor. Daran lehnte sie sich, im goldenen Ornat, mit purpurnen Schuhen, und das blutige Licht eines ungeheuren Rubins floß über ihre unbewegte Stirn. Um sie her war ein metallener Glanz bestickter Gewänder und silberner Rüstungen, ein Funkeln und Glitzern von Geschmeide, ein Leuchten von Kronen die voll Gemmen prangten, von emaillierten Schalen, goldenen Thronen und Purpurteppichen, übersät mit Edelgestein.

Mit dem Flügelrauschen eines Riesenvogels brach die Menge ins Knie. Zehntausend lallten und brüllten ihre Anbetung. Besessene, die unablässig tanzten, warfen den Kopf mit weißen Augen zurück und verkündeten ihre Heilung. Posaunen und kupferne Pauken rasselten und schmetterten.

Der Weg zum Thron war mit Lorbeer bestreut; Lukas beschritt ihn allein. Er erstieg die Stufen und blieb stehen, weil er Dianoras Atem auf seiner Schläfe fühlte.

„Jetzt bist du Kaiserin," sagte er und wartete.

Sie sah ihn an: er trug auf den Wangen die Fahlheit aller begangenen Verbrechen, seine Lippen bluteten. Sie sagte:

„Du bist nicht mächtig genug."

Da kehrte er um und verschloß sich im Palast.

Er wanderte rastlos, Tag für Tag durch goldene Säle voll gewirkter Decken, zwischen blauen, goldgeäderten Säulen; silberne Blätterranken hingen von einer zur andern. Silberne Brunnen dufteten wie die Wunden heiliger Frauen. Lukas aber erschrak tötlich, wenn draußen in den Gartenwegen die goldenen Kiesel knirschten unter den Tritten der Sklaven, die Dianoras Sänfte trugen. Sie sang zur Laute; ihre Stimme schwankte, sanft und schwermütig, über den Schwingungen der Saiten hin, wie ein Schmetterling über einem wogenden Blumenanger. Und droben, im spitzen Porphyrrahmen seines Fensters, lag Lukas, die Faust an der Stirn.

Er schlich ihr nach, wenn sie badete, in der Abendkühle, bei der warmatmenden Aloe von Mandal, unter Zedern und vergoldeten Palmen. In der Mitte des scharlachnen Brunnens schlug ein Schwan mit silbernen Flügeln. Sie stand am Rande, nackt, mit lässigen Armen, und einen breiten Gürtel aus getriebenem Gold um die Hüften. Von ihren Brüsten tropfte das Wasser, ihr Fleisch erbebte im Schmeicheln der Abendluft. Rosiger Sonnenstaub umspielte sie; manchmal flog mit schrillem, seltsamem Schrei ein großes gold- und silberblau schillerndes Tier schwerfällig über sie hin.

Lukas' gekrampfte Finger zerknickten die Büsche, die ihn verbargen. „Ich bin mächtig genug," stöhnte er, „ich will sie nehmen."

Am Abend ging er nach ihrer Kammer. Der Vorhang war zurückgeschlagen, er erblickte sie: Ihre weißen Glieder hingen an der schwarzen Eisenbrust des Gepanzerten.

Lukas füllte darauf seine Säle mit Weibern und seinen Sinn und alle seine Gedanken mit dem Wogen großer Brüste, mit den Schlangenwindungen fleischiger Hüften, mit einem Knäul mächtiger Glieder und dem verzehrenden Lächeln breiter, blasser Gesichter.

Er ersann Martern und teilte sie rings unter die Sklaven aus; seine vorgeschobene Unterlippe zitterte, seine Hände umkrampften die Lehnenknäufe seines Thrones. Dann stahl er sich in die Kerker und flehte die Elenden an, ihm zu vergeben und seine Freunde zu sein.

Auf seinen weißen Terrassen, auf die blau und feierlich ein unerbittlicher Himmel drückte, brach er in Hilferufe aus: „Gnade! Hör' auf!" Niemand vernahm es als seine stummen schwarzen Eunuchen. Nichts bewegte sich als ihre rollenden Emaillaugen, und Lukas stürzte, die Arme weit geöffnet, zu Boden, so daß das Juwelenband seines Hauptes auf den Marmorfliesen zersprang.

Eines Nachts tastete er sich durch finstere Gänge. Die Mordgedanken, die er hegte, glühten vor ihm her und zeigten ihm den Weg. Er kratzte an Dianoras Pforte, sie ging klagend auf, und er sah, daß es schon geschehen war: Ihr Kopf hing mit schwerem Haar über den Rand ihres Lagers, ihr Hals trug den dunkel unterlaufenen Abdruck einer eisernen Faust.

Er floh und lebte als schweifendes Tier. Er heulte ihren Namen dem Sturmwind entgegen, er fluchte ihn zum Himmel hinauf, er brüllte ihn den Ungeheuern in die Erdhöhlen hinein. Er tobte, bis sein Leib von Stahl und seine Seele erschöpft war. Allmählich sah er sie bloß noch als schwaches Traumbild an der Oberfläche seines Schlummers vorüberwandeln. Und endlich fühlte er, wenn er an sie dachte, nur mehr in dämmeriger Ferne ein paar Augen hinter sich, wie die einer sanften Geopferten, die uns von ihrer Schattenwand in stiller Kapelle immer nachschaut auf unsern Gängen durch die lauten Straßen der Welt.

Seine Miene zeigte weder Hoffnung noch Reue; aber er schlief nie anders als hinter verschlossenen Türen, denn er fürchtete, sein Schlaf möchte etwas zu verraten haben. Er war ein Abenteurer, dem nichts neu dünkte, ein Sieger ohne Hochmut und ein Genießer mit kalten Lippen.

An einem grauen Abend schritt er über ein weites Feld. Es flog darüber hin wie die Schatten von Dingen, die man nicht sah. In der Höhe bewegten sich schwer geballte Wolken. Er erstieg einen Hügel: schiefe, zerrissene Dächer erschienen ihm. Er war schon im Schatten der traurigen Burg, er stand schon unter dem Tor. Die drei Greisinnen im feuchten Saal bliesen wimmernd ihren kalten Atem in die kalte Luft. Sie sagten: „Lukas ist heimgekehrt," und sogleich begann des Alten hohle Stimme, die längst von den Zeiten verschlungen schien.

„Nun hast du die Welt durchkämpft, sie hat hinter dir auf den Knien gelegen, und du bist zu uns heimgekehrt, wie jeder zu uns heimkehrt. Was hast du nun weiter getan als einen Gang vors Tor?"

Da Lukas schwieg, sprach der Alte weiter.

„Du hast Gott aus der Gefangenschaft seiner Feinde erlöst, du hast Satan gezwungen, um Gnade zu flehen! Du hast Reiche erobert und das Weib zu deiner Kaiserin gemacht! Am Ziel hast du, nüchtern und ohne Stolz, erfahren, daß alles größer und schöner war, als du noch träumtest. Das Beste ist geschehen, bevor du die Augen öffnetest; dein Traum hat es vorweggenommen. Er ist dir vorangeeilt und hat das Schwert geführt, das du nicht tragen konntest. Du bist ihm nachgeschlichen mit leeren Händen."

Lukas senkte die Stirn und erhob sie wieder.

„Das alles ist wahr," sagte er. „So war mein Leben. Aber wenn ich weiter nichts getan habe als einen Gang vors Tor, so will ich jetzt dennoch nicht bei euch Alten sitzen bleiben, die ihr so weise seid. Lieber tue ich einen zweiten Gang vors Tor und beginne alles, was ich versucht habe, noch einmal, und lasse es mich nicht gereuen, wenn mir der Tod auf einer Landstraße begegnet. Dann will ich mich auch mit ihm messen; vielleicht fühlt er meine Streiche, vielleicht ich seine. Ich decke ihn mit meiner roten Fahne zu, oder er mich mit seiner schwarzen."

Darauf wandte er sich und schritt den Hügel wieder hinab, und über Felder und Steige. Junge Mädchen, über herbst-
liche Beete geneigt in den Gärten am Wege, bewarfen den
Vorübergehenden mit Astern. Eine große rote Blume haftete
auf seinem grauen Haar; es flatterte lang im Winde.